追墙记

——于城墙古堡间记录灵魂与生命的体验

李旭光 著

山西出版传媒集团
山西人民出版社

作者简介

　　李旭光，网名青鸟之光。

　　一个热爱长城、热爱写作，喜欢花鸟鱼虫，专注于摄影的人。目前其足迹已踏遍山西境内明代内外长城，执着于用镜头记录尚存的城墙古堡遗迹，向世人展示它鲜为人知的壮美与沧桑……

　　行走于城墙古堡间，他以独特的视角和真实的体验，用心倾听那一份份壮烈的传奇和逸闻，并用图片和文字记录下灵魂与生命的真实体验。

山河表裡寫長城

為老旭光筆勢勾劃掃彩

辛丑小滿頌望進

序

踏遍青山见精神

　　李旭光把他的新作《追墙记——于城墙古堡间记录灵魂与生命的体验》发给我了，并请我为该书作序，我深感自己才疏学浅，水平有限，愧不敢当。但禁不住他的精诚所至，只好"金石为开"了。我打开电脑仔细品读书稿，真切地感受到这确实是他灵魂与生命的体验，深深地被他的执着精神所感染；而书中的长城照片，每一幅都气势恢宏，令人震撼。合卷后我迁思回虑，百感交集，感慨颇多，受益匪浅。

　　我和李旭光是南开大学 EMBA 班的同学，我是班长，他是宣传委员。他理想信念坚定，理论联系实际，基层经验丰富，善于思考，勤于实践，兴趣广泛，擅长摄影，且多才多艺，创新能力强。在一起学习的三年时间里，我们一起交流，一起研讨，一起工作，结下了深厚的友谊。而我们在一起时交流最多的话题就是山西境

内外的古长城。

山西境内外长城的修筑，上起战国时期，下迄明清两朝，几乎涵盖了中国历史上修筑长城的所有时代，山西长城古建保存较为完整，包括边墙、关城、军堡等建筑遗存丰富。山西长城文化厚重，见证了北方民族融合，形成独有的军事文化和边塞文化。

逶迤长城，巍巍雄关，蜿蜒起伏，浩气荡荡。长城是中华民族的重要标志，是中华民族精神的重要载体。长城凝聚了中华民族自强不息的奋斗精神和众志成城、坚韧不屈的爱国情怀，已经成为中华民族的代表性符号和中华文明的重要象征。

长城是中国建筑史上的伟大工程，它"上下两千多年，纵横十万余里"，可谓世界建筑文明的奇迹。它凝聚了中国古代劳动人们的智慧和血汗，长城已经是中国在世界上的重要名片，也是中华文化的重要组成部分。近代以来，长城逐渐从守疆卫土的军事防御系统建筑，演变和升华为中华民族团结抗争、自强不息的精神象征。长城精神是中华民族自尊、自信、自立、自强的精神与意志的体现。长城精神包括团结统一、众志成城的爱国精神；坚韧不屈、自强不息的民族精神；守望和平、开放包容的时代精神。雄伟的万里长城如今已成为中华儿女众志成城的精神文化象征和世界文化遗产。新时代，随着国家对长城保护的重视和相关文化建设项目的实施，古老的长城上又焕发出了新的光辉，照耀着东方大地。

正是基于这样的认识，更加激发了李旭光热爱长城，崇尚长城，专注于摄影拍长城的热情和动力。目前他足迹已踏遍山西境内外的明代长城，执着于用镜头记录尚存的城墙古堡遗迹，向世人展示它鲜为人知的壮美与沧桑。行走于长城墙体、壕堑、关堡、烽火台与古堡间，他以独特的视角和真实的体验，用心倾听那一个个壮烈的传奇和逸闻，并用图片和文字记录下灵魂与生命的真实体验。

李旭光拍摄的长城，春来山花烂漫、生机盎然；夏夜皓月当空、星舞银河；秋树层林尽染、静美斑斓；冬雪飘飘洒洒、银装素裹。镜头里的长城多姿多彩、魅力无穷。2018 年他开始用无人机航拍长城，他镜头下的长城更加大气磅礴、气象万千。他总是在第一时间把拍摄的照片发给我，征求我的意见，分享他的快乐，我也及时地鼓励他，支持他。

一次次，在风中雨里，在旭日东升的清晨，在落霞满天的傍晚，抑或是垂柳摇曳的仲春，抑或是大雪纷飞的隆冬，站在长城上，李旭光无数遍试图去努力追寻每一段长城的历史，去追溯这段长城的记忆。透过岁月沧桑的光影重温长城的记忆，禁不住让人感慨万千。

李旭光常说，长城已经是自己的感情寄托和精神家园，虽然拍长城是一件很辛苦的事情，但又是一件很幸福和快乐的事业。每次拍长城，长城都会给他增添许多正能量，长城给予他的丰硕回报远远超过了他的艰辛付出。因此，他越拍越想拍，越拍越精神。

"岁月失语，惟墙能言。"岁月总是无声地走过，只有长城

能深深地体会到岁月的沧桑，并诉说着历史见证下的箴言，让我们感知其精神之伟大。长城，从历史中走来，而今又闪耀着光辉，走入了历史发展的新时代！

无论物质文化遗产还是非物质文化遗产，都是祖先留给我们的珍贵财富，都需要我们悉心呵护。这里凝结着民族的历史记忆，寄托着我们的精神之根，能够抚慰我们的心灵，给我们的灵魂以栖息之所。长城自身就是历史建筑，除了对作为建筑的长城着迷之外，李旭光更对承载着丰厚历史的长城文化着迷，力求从中寻找创作灵感，探寻长城的历史文化密码，用影像艺术的方式与当下对接，恰如其分地体现出时代性，引发读者、观众的思考与共鸣。

千古沧桑望长城，伟大精神需传承。目前，长城文化建设最重要的任务是传播长城文化，传承长城精神。通过讲好长城的故事，做好中华文化基因的挖掘和创新，向国内外讲解中华文化，以弘扬中华民族团结统一、众志成城的爱国精神。我们全面建设社会主义现代化国家、全面推进中华民族伟大复兴需要长城精神，这种精神是中华民族特有的精神，而李旭光正在实践、传播这些精神。

千淘万漉虽辛苦，吹尽狂沙始到金。李旭光多年来不断加强学习，一直坚持记笔记；春夏秋冬拍摄长城，从不间断写日志。孜孜不倦，持之以恒，不断追求，在工作、学习和工作中为我们树立了榜样。《追墙记——于城墙古堡间记录灵魂与生命的体验》一书所体现出的历史性、时代性和启迪性都比较强，由拍长城而引出的各方面的知识也很丰富，折射出的都是满满的正能量。《追墙记——于城墙古堡间记录灵魂与生命的体验》既是摄影集，也是散文集，又是纪实手册。读这本由作者用心血和汗水浇灌的丰硕成果一定会有所裨益。我深信，该书的问世必将产生强大的现实作用，体现深远的自身价值，一定会引起读者的共鸣与思考。

在《追墙记——于城墙古堡间记录灵魂与生命的体验》即将付梓出版之际，谨以上述文字向作者表示祝贺。

是为序。

毋青松

2023 年 7 月 18 日

（作者系太原市人民政府原副市长）

付出半生也要懂得爱好与生活

　　我从小就喜欢山水，热爱田园，崇尚自然，向往自由，喜欢追逐一份没有雕琢的纯真，享受一份无拘无束的自在。一直也想像刘禹锡那样，拥有一所属于自己的陋室，工作之余享受"无丝竹之乱耳，无案牍之劳形"的放松；结识志同的鸿儒，往来道合的知音……于是，在奔波数十载后的今天，有了自己的摄影文化工作室。

　　这是一个有诗意且能撒欢儿的地方……

　　一张木桌，两台电脑，三个书柜，四把圈椅，还有我最爱的奇石怪木，花鸟鱼虫，构成一个不同寻常的空间。斜靠着窗前的长椅，沐浴着冬日的暖阳，手捧一册长城书画，间或还品菊花茗香……此刻的惬意和安心，就连屋外凛冽刺骨的寒风也不忍打扰一个重归少年人的思绪飞扬……

在工作室刚刚体验几天，竟然深深地爱上了它。心境不同，自然脸上的笑意也不同。每天和诗词对话，与花鸟歌唱，在墨池里游泳，与相机流浪作伴……兴起时，驾车奔向远方：安静时，休憩于此记录心得感悟。没有了工作时的压力，却比上班还充实。工作室就是游弋心灵的港湾。

当然，也会有三三两两的和谐之友来工作室里做做客，聊聊天，说说摄影，谈谈长城。

我喜欢这个静室。如果说都市生活是个"大染缸"，那么它就是屏蔽污染的葆有内心纯真的最为自然的"小天地"。它让我从习以为常的平庸生活中抽离，不再为眼花缭乱的选择所惑，不役于物，不劳于神，不负初心，返璞归真。

其实所有这些并不是在现实面前选择逃避，而是一种责任和担当，也是促使自己换一种环境，用另一种方式来激励内心使命的需要。当一幅幅满意的作品展现在眼前，那雄浑曲折的山脉，蜿蜒盘旋的长城，不正是内心沸腾的热血和喷薄的激情吗？内心的使命由此被唤起。

眼下，我最直接的使命就是跟着阅读去拍摄长城！

我一直认为，拍摄长城只有到晋北边塞的大自然中，才能感受光与影的变幻，感受色彩和感官的微妙转换。进入工作室以后，我开始大量阅读。随着阅读和摄影范围的扩大，我越来越发现把阅读和摄影结合起来，顺着文字的轨迹体验出行拍照，往往会有别样的感觉。

比如，拜读了张寻的那本《明朝那道墙》，我去大同拍摄长城时专程去了镇虏堡巡访一番。读了国内知名长城专家董耀会所著《明长城考实》中的山西省辖明长城部分，更是让我对山西境内的长城念念不忘。于是，趁着元旦节后第一天，我巡访了韩庄长城、牛帮口敌楼和茨沟营古村。上月初在大同参观了《九边重镇·大同镇军堡遗址摄影展》，我又拜读了李鸣放台长所著中的《大同军堡》，于是又专门去了书中介绍的几个军堡。

对照书本文章所绘之景和眼中所观之景，我最深切的感受是"时过境迁，物是景非"。当然，存在这种感觉是再正常不过的，毕竟社会在变，环境也在变……坐在工作室桌前，我竟然常发痴想：如果文章的作者今日

故地重游，将会有怎样的感受？

一般来讲，每次出发前我都会重读文章，带着"新鲜"的记忆和感受，去实地浏览文章所涉及的长城和古堡，总会得到不一样的摄影体验。而每次拍摄回来，抽空再读文章，又可以加深对文字的领悟，得到另一种理解。

我喜欢这种阅读和摄影相结合的方式，这也算是在那可是家摄影文化工作室的收获吧！

2021 年 1 月 12 日

隐藏在太行山上的边墙之美

2021 年 4 月初的一个黎明。

位于山西和顺与河北邢台交界处的太行山在玫瑰色的晨光中显现出雄浑的身影，和顺境内南北长 37 公里的连绵太行山横亘在眼前。

太行山层峦叠嶂，一束金光迎面撞入海拔 2084 米的走马槽空中草原主峰的怀中。金光如空中草原肩头披下的战袍，正对着峡谷对岸的人群，惊叹中的人们个个儿脸上映出一片金色——我就是这群人中的一员——那是我第一次见到日照太行山长城。

在之后的两年中，我反反复复前往和顺，越是深入其中，就越觉得这里的太行雄关值得记录。

2021 年夏天，我在松烟镇山舍民宿与老板闲聊，他说："在我们这里，你可以晨看云海日出，晚看山峰夕照。"这里又是太行风光的精华部分，夏天到这里你能感觉到南方的秀色，北空中草原也在这里。这里比起华山的险，黄山的秀，泰山的博，庐山的幽，一点儿也不差。像是背过的台词，老板说得很流利也好神奇。看来我必须调整拍摄计划，在太行山上下点工夫了。而以后的探访也的确证明此说不虚：云海日出，缥缈变化，千峰夕照，苍山尽染。无人机俯视千山万壑，近睹峭壁悬崖，巍巍太行尽收眼底……

走马槽！我的拍摄就是从和顺松烟镇走马槽开始的。

扼太行者得天下。据记载，明内长城最雄魂壮丽的百里画廊，有二分之一强在和顺与河北邢台交界处的界山山顶，其中松烟段最长。松烟段长城基本沿着赵武灵王修筑古赵长城的路线，从支锅岭经走马槽到夫子岭。这一系列太行雄关从战国或早在殷商时代开始就是晋冀交通的要道咽喉，也是兵家必争之地。

从松烟出发，经暖窑、灰调曲，走 11 公里便可到走马槽空中草原。走马槽属太行山断裂带风光，东部以悬崖为界与河北邢台接壤，仁立山岭，可揽"两省三县"风光。我每次来，都有不少户外行者或越野族在这里搭帐篷、野炊。在合适的天气下，太行山中段主峰清晰可见，缭绕的云海仿似天上与人间的分界线，远看左边是南天池景区，右边下方是穿行于太行山大峡谷的东吕高速。

第二天天还没亮，我们就从松烟镇山舍民宿出发了。穿行在浓雾中，进入走马槽空中草原，整个太行山脉皆被云雾所覆盖，云烟缭绕着群峰，缥缈若仙山……隐隐约约地看到有一台车和一

顶帐篷，可能是昨晚就在这里安营扎寨的人。我们等到7点多，仍是大雾弥漫，没有丝毫散去的意思——看来今天的日出是看不到了，云海也没戏了——下山吧！

回到松烟镇吃早餐，逛早上集市，然后掉头上了高速。当车行至左权时，天气一下变成蓝天白云。好天气啊！我心有不甘，决定立刻从左权下高速掉头返回松烟镇……等到再上走马槽时，已经云开雾散了。

太阳高高地照在空中草原上，一对情侣正在帐篷边上烧水做饭。一打听，原来他们来自河北邯郸信都区，昨天下午到这里准备拍摄太行山云海，结果早上没等到日出。我问女孩："晚上帐篷里冷吗？她说："没感觉冷，晚上躺在帐篷里数星星呢，数着数着我就睡着了……"呵呵，太可爱了，居住在繁杂城市里的年轻人，居然千里迢迢来到这人迹罕至的高山，只为仰头面对点点繁星！只要想想：深蓝的天幕映衬下的白色帐篷里，和最爱的人在一起寻找最亮的星星……吹着微风，享受生活的浪漫……其实他们才是这静谧漆黑夜空中独自闪耀的两颗"星星"。

天完全放晴了，可以看到山岭边缘有就地取材的红石头堆砌的"古栈道""护墙""烽火台""瞭望台"等防御工事。有人说这是"黄巢古寨"的遗址。

听山上放羊的老韩说，此地曾经是黄巢起义军放马的地方，所以得名。附近村民耕地时发现过青铜做的箭头，可以证明古时这里曾有战事发生。但我查和顺史料，黄巢兵马并未来过此地，

曾来过的是黄巢部将的部队投靠了唐朝朱温，他们反复争夺邢州、辽州，进行了十几年的拉锯战。老百姓不明缘由，只知道黄巢最有名，才牵强附会地把这里和黄巢拉上关系，所以流传至今。历史上，韩信挥军东出太行山时就是经过走马槽下河北平原的。明王朝迁都北京后，比较重视京城防御，特别是边塞防守，曾于嘉靖年间在太行山上修建了内长城。至今在河北与山西交界处还存有大段明长城，它位于太行山山脊分水岭上，也是中国万里长城的一部分，更是龙文化闭关防御性工程的古代遗存。山西昔阳的鹤度岭至和顺青城的黄榆关，邢台的马岭关、支锅岭关，左权的黄泽关，也都属于太行山上的内长城，它们呈东北——西南走向，时断时续，时起时伏，沿太行山脊分水岭走势，回旋穿插，高低错落，绵亘于晋冀两省的崇山峻岭之间，至今仍存有石墙、关口、烽火台等多处遗迹。

今年三月再去走马槽，整个山上不见一只羊，也没有看见放羊的老韩的摩托车，过去在半山腰围挡的几家羊圈里也没有看见羊群，下山后在手机有信号的地方，我拨通了山上放羊的老韩的电话，原来冬天太冷，山上还没长草，他的羊还没上山。确实是当地空中草原的植被太脆弱了，每年必须得休养生息，促进生态自然修复。老韩的羊群已经下山圈养了，今年51岁的老韩和羊打了一辈子交道，记得前些年老韩跟我说，每天放羊的时候，他最喜欢做的事情就是躺在半山腰上，看着羊群在山间奔跑……老韩爱羊，更爱这和顺的大山。

　　下山后我们没有按原定路线走，而是顺着322省道一路向东，穿越在一辆辆大型重载车辆中进入河北地界，领略东太行风光。打开车窗，阵阵凉风迎面扑来——这是太行山大峡谷的凉意。两侧高达30米的陡坡是峡谷的纵深地带，从邢台清家沟到路罗镇，

为避免与大型拉煤车混行，我们绕开煤炭拉运通道，进入大山里的世外桃源尚家庄，又穿过白岸乡走了个 C 形路线回到山西左权境内。这里大山两侧的风景竟是这样的截然不同，山的东侧是沸腾与喧嚣，山的西侧则是宁静与朴实。

下一个目标挑战古道十八盘——黄泽关。

2021 年 4 月 16 日

10号墩台与黄崖村的神秘印记

自古以来，中国人对长城都有着一种特殊的感情，不仅是因为它雄伟壮观而举世闻名，更多的是感动于它深刻诠释和承载了源远流长的家国情怀，也是华夏人们保家卫国抗击侵略最好的真实见证。

2020年11月24日，国家文物局发文公布了第一批国家级长城重要点段的名单，其中忻州繁峙县的明长城茨沟营段榜上有名，在《长城保护总体规划》中"茨"字号长城再次被明确指出要重点保护。

我是山西人，从小就痴迷荒野高山上这些古老的长城、烽燧、古堡，每每看到它们的身影，会不由得驻足凝视，战马嘶鸣、硝烟弥漫的场景仿佛也会闪现在眼前！于是从五年前开始，我和志同道合的友人开始探寻这些长城古堡并进行拍摄，而繁峙茨沟营

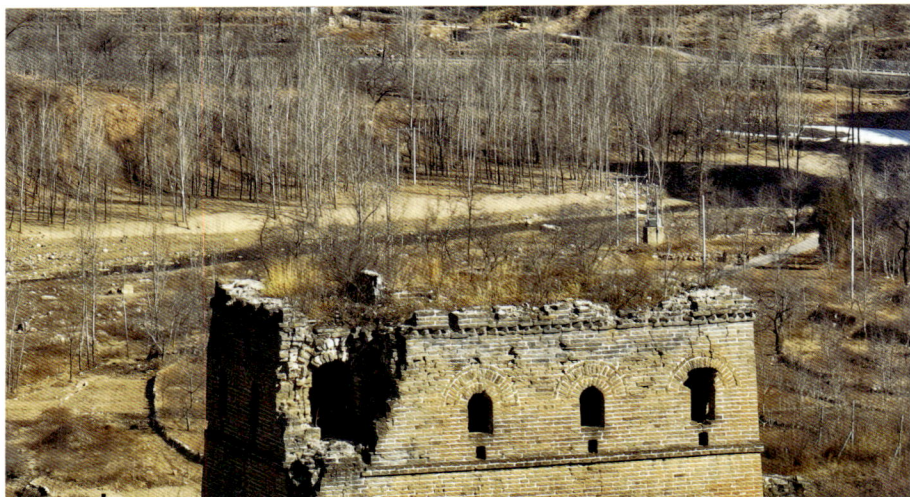

的"茨"字号内长城就成为我寻访的重要对象。拍摄它，记录它，保护它成为我的神圣使命。

"茨"字号长城的墙体并非始终连贯，部分山区地段常常以山险代墙或削山为墙，仅在山坳、河谷等冲要地段修筑短墙、关口和敌台。再加上时空久远，四季风霜雨雪侵蚀，使得连绵的长城变成了时隐时现的巨龙，似乎长长的龙脊总是潜隐在苍茫无迹的山间。这给长城寻访者造成了发现的难度，而对于初次找寻且毫无经验的我来说，难度尤其大……而那些总是在我落寞或失落之极、准备打退堂鼓之际突然出现在峰回路转之处的敌台、关城，又给我带来分外的惊喜，仿佛一下子寻到了隐秘的宝藏，令我信心倍增……

　　历时两年，我已经记不得自己多少次来探寻"茨"字号长城了，但每次的经历都能历历在目，那种感觉总是难以言喻。受疫情影响，我的探寻一直是断断续续进行的，尤其去年——2022 年疫情最复杂多变的一年，每次出发都会经历考验，每每走到晋冀交界处时，为防止行程码发生变化，都要往回退几十米……现在想来，每次寻访后我都能安然回家，心底就禁不住一阵窃喜，仿佛是自己寻找长城的坚持感动了老天，因而带给我一份平安和喜乐。

　　疫情期间我有时间查阅大量的内长城资料。其中 10 号墩台给我留下最为深刻的印象。它默默地坚守在北太行附近的大山里，依山据河，迎风独立在凸起的几块砂岩上，在经历了历史的洗礼后，

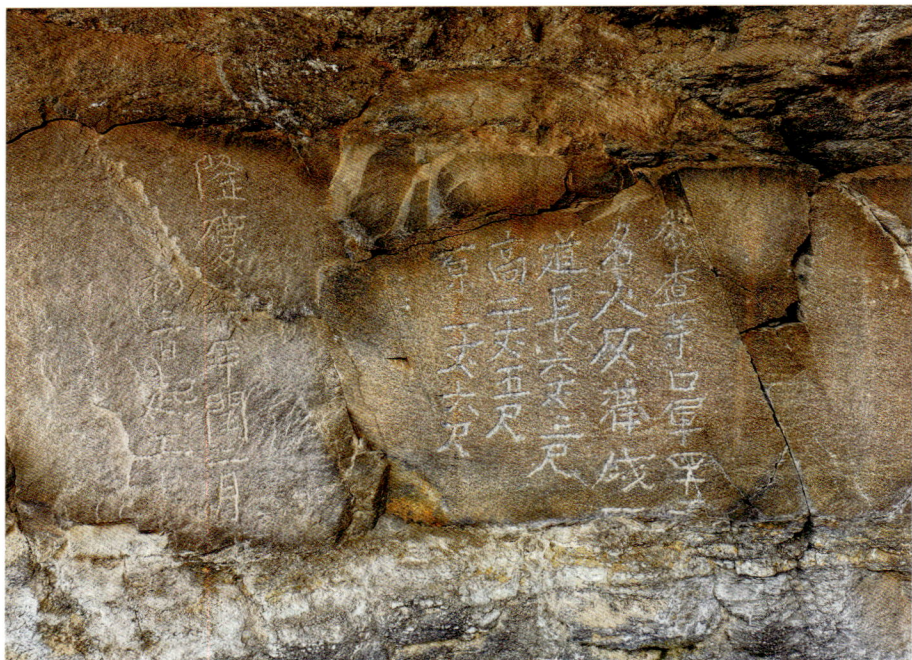

目前仅余下条石残墙和少部分石筑墙体，就像一个风烛残年却又倔强不屈的老人傲视苍穹！由于相关考古资料较少，这座孤立的残破严重的"茨"字号长城 10 号台楼的墩台遗址的确凿身世也蒙上了一层神秘色彩。尽管天气预报连续两天都提示多云有风，但我仍然按捺不住久久向往之心，决定实地探究长城 10 号敌楼。

2023 年 3 月 20 日，我们再一次整装出发。在高德地图导航下，驾车盘旋穿行在渺无人烟的大山里，迎着 5~6 级大风，在深达数十米的深沟里穿行，两三吨的越野车在狂风中抖得如纸扎的风筝。导航中显示 32 公里的距离时，我们足足行驶了一个多小时。此时春回大地，万物复苏，太行山的冰雪悄然汇成壮美的大沙河源，滋润了辽阔的阜平大地，路旁大峡谷里修建的一座座水坝，安静地守护着这座苍翠雄辉的大山，在阳光的照射下如同一颗颗翡翠散落其中，和绿色的原野构成初春特殊的青绿山水图。

经过一个岔口时，路边有几个修水渠的村民，我们赶紧下车打听。功夫不负有心人，终于，我们在阜平与灵丘交界的最后一个村庄，在走到没有路的地方，导航的行程结束了。

这时迎面走来一位刚从山上下来的老人，我赶忙上前和他搭话，经过攀谈，得知老人姓马，今年 72 岁了，常年在山上采集药材，身体硬朗，说起话来底气十足。当得知我们来自太原，是要探寻长城"炮楼"时，立刻就说他们这里还真的有，只可惜就剩一个墩台了，没等我开口，他就热心地带着我上山去寻找墩台遗迹。由于有马大哥的带领，走了没多远，马大哥就用手指向前面半山腰处说道："你看，就在那里！"顺着手指的方向，我远远看到了 10 号墩台的身影，虽然和资料中介绍的大相径庭，但仍然有股酸楚滋味涌上心头！我赶紧手脚并用地攀爬上去，此时的 10 号墩台敌楼上已经没有一块砖瓦了，经历过特殊时期 20 世纪 60 年代，墙砖都被村民扒去盖了房，除了塌落在山坡上的碎砖烂瓦，10 号墩台已经面目全非，残损不堪，尽管如此，坚实的地基稳如磐石，巍然屹立在群山之间，雄姿仍旧难掩，气势依旧留存。

好可惜的敌楼！

记得上次来阜平的时候，还是冬季，一路打听，只是问到了6号台楼，赶上下午时分，一路向北上了铁洼岭，走新修的天路七十二拐回到了山西铜绿崖。这次专门寻找10号墩台，离开省道337，一路上道路崎岖，蜿蜒曲折，狭窄陡峭的山路上时不时

有碎石滚落而下，路边河道内奔腾着咆哮的河水，山风在耳畔呼啸，松涛阵阵，河水在眼前流淌，肆意汹涌。我双手紧握方向盘，几乎长在把手上了，一颗心一直悬在嗓子眼儿里，仿佛稍微一大意汽车就会随时滑下去，太刺激了！心里暗想要是在冬季路上有雪时可真不敢来，太难了！太不容易了！可喜的是终于找到了！终于找全了！

回想这几年，我都在这座大山中寻墙、追墙、读墙，那许许多多的边墙、墩台寂寂无闻，它们或突兀或潜隐在大山的风中，就像一座座正被磨蚀的大地碑刻，而我所拍摄的众多追墙照片，也不过就像是一张张费尽心力辛苦得来的"拓片"。

热心的马大哥还告诉我，在半山腰的石头上有石刻文字，我不顾疲惫，立刻再次向山上爬去，马师傅在山下指挥，我顺着手势终于在半山腰里找到了凹进去的大石头。当我爬上去后，清楚地看到在石块上刻的文字，拿出相机赶紧拍摄下

来，然后蹲下仔细辨认神秘印记"× 查守军四十二名，道长六丈三尺，高二丈五尺，厚一丈六尺，隆庆六年闰二月初三日起工"。

隆庆是明朝第十二位皇帝明穆宗朱载垕的年号，使用时间为隆庆元年（公元 1567 年）至隆庆六年（公元 1572 年），明朝时期使用该年号一共 6 年。

根据我的判断，这可能是 10 号墩台下面水关城墙的修建年份。

眼看暮色已起，返途无望，看来我们只能在这座大山里过夜了。还好，马大哥一个人住在村里的简易房中，屋子有两间，房中生着火炉子，还挺暖和的，那就和马大哥聊天打发时间吧！马大哥说他是土生黄崖人，兄弟五个，他排行老大，人称"马老大"，因为90岁的老母亲不愿意到城里居住，所以他陪着老人家一直住在这座大山里，因为没有搬迁，所以没有低保，每天靠上山采集药材为生。去年老母亲去世了，他一个人却也不愿意搬下山了……

听马老大说，他小的时候，这座"炮楼"是完好的，和附近木家沟、七里沟、木佛台的一样，只是他并不知道这是"茨"字10号台楼，也没见过台楼上的石匾。马老大这几年先后接待过来自北京、保定、石家庄的长城爱好者和摄影人，有上山问路的，有下山避雨的，唯独没有见从山西太原来这里找寻炮楼的，所以当听说我们来自山西太原时，聊得特别开心……

第二天凌晨5点多起来，简单洗漱后我们就开始上山了，此时天已蒙蒙亮了，山桃花悄然绽放，芬芳沁人心脾，山风阵阵拂面，站在山上人不觉心旷神怡。放眼西望，黄土寨浓雾缭绕，若隐若现，峰峦叠嶂，扑朔迷离。在黄土寨南侧有一大一小两块巨石，大的似孔子传道，小的如书童听讲，两像忽显忽隐，四周空无一人，恐惧之感油然而生。

这时，听到沟里传来有人说话的声音，我心里咯噔一下，这一大早，深山沟里怎么会有人？难道还有和我一样是探寻长城的爱好者吗？走近才知，原来是从二十多公里外的史家寨乡来这里上山采集中草药材的合作社村民。真可谓"星光不问赶路人，时光不负有心人"！

返回村里，朴实的山里人，热情的马大哥一大早就已经给我们煮好了粥，下了挂面。我急忙从车上拿出罐头、馍片、面包和大家一起解决了早餐。然后又一次在马大哥的指点下，找到了水关残墙和位于两省交界的两段残城墙，不知是因为历史的侵蚀还是其他原因，这些残墙不足一米高，几十米长的残体如同大山一样静静站在那里，你来，便会有故事诉说！

值得一提的是，因为太行山重要的地缘价值，过去曾是国家级贫困县的阜平县，如今已经走上了致富之路。大山里的村庄基本搬到了附近乡镇、移民新村。如今，大山里封山禁牧，农民开始广泛种植中草药材，走上了致富增收的光明大道。我在第二天早上遇到的就是上山采药的合作社村民。他们采的一种药材叫黄精茬，黄精茬这种药材具有祛风、祛痰、镇咳，镇惊安神，止疟消暑，祛风湿、利关节之功效。

没想到找寻长城之路还让我对我国中医中药有了浅显的了

解，也算是意外收获啊！

到今天下午为止，分布于山西、河北两省，繁峙、灵丘、阜平三个县的"茨"字号长城的 37 座墩台，终于在我的坚持不懈下全部找到并留下珍贵的照片。此时，阜平大山里的太阳正在偏西，夕阳如血，余晖漫天，10 号墩台暖洋洋地躺在群山的臂弯里……

斜阳一点点地向大山尽处隐匿，余晖透过山林照射叶片，金灿灿的甚是好看。我感觉长城墩台犹如再次披上金甲的勇士，正在傲视苍穹！

2023 年 3 月 22 日

寻踪太行山鹤度岭长城

我们今春的太行山寻踪之旅是从晋中市开始的。

出发前，我们查询长城资料备足功课；出发后，一路上问询、打听，不可谓不辛苦。资料显示，太行山上有很多长城遗迹都隐藏在崇山峻岭之中。按图索骥，我们奔着其中的某一段长城而去，没想到来到当地跟老乡打探情况时得到的却是距离这里很远的另一段长城的信息……

那天驱车临近中午，我看到有三四位老乡在路边聊天，便主动下车打问这附近长城的情况。一位热情的老者听懂了我的问话，非常耐心地告诉我，在与河北邢台交界的山上有一段长城遗址，并详细告诉了我路线。

老者所说的这一段长城位于山西与河北的交界处。这里自古

就是晋冀之间的重要关卡，海拔 1600 米，在太行山中是海拔相对较高的关隘。从山西一侧过来尚且显不出此地的巍峨，等你登上山顶俯瞰河北一侧发现，层峦叠嶂，落差极大，的确异常险峻。也正因为地势如此，古人有传言：只有仙鹤才能经此飞过。于是，这里就有了一个既美丽又充满仙气的名字——鹤度岭。

按照老乡的指点，我们从晋中一路向东前往皋落井洼村。一路都是乡间小道，沿途的村子像是与世隔绝一般，十分安静。田间堆起了农家肥，人们已开始为春耕准备。进入山里，到处是开发的矿产和石料场，把个植被脆弱的大山挖得千疮百孔。这一段路基本看不到路标，全靠百度导航，否则很难找到上山的路。山

上都是风电工程拓修的黄土搓板路，车一过，扬起的灰尘弥漫得很高，一路绵延十几公里。这种路况对我们的耐力和司机的技术都是一种考验。

据资料查证，这里的长城始建于北齐，具体时间是公元550—577年。了解过南北朝历史就会知道，北齐是由东魏权臣高欢的儿子高洋所建，定都邺郸。整个北齐的疆域大致就是如今的河北一带。它的西侧则是北周，即历史上的北周，也就是隋朝的前身，可谓十分强大。北齐为了抵御北周的入侵，在此处修筑了

长城，这也就是太行长城的由来。如今城墙已全部翻修，早已看不出北齐长城的痕迹了。

据城墙西侧新立的一块巨石所刻描述得知：明朝嘉靖年间的1541年，时任内丘知县的杜世爵为了防范虏贼、流寇，在此重修鹤度岭长城，因此这里是典型的明代内长城。一个知县为防"虏贼"扰民而修建此长城？这表里山河的三晋大地竟有许多"虏贼""流寇"？这些存疑尚不得而知，或许有待考证。但以当时的条件能将长城修筑在崇山峻岭之上，场面肯定是十分壮观的。可惜的是，时至今日这段长城只保留了一处城墙和箭台。又见说，在城墙的内侧还有"鹤度仙踪""万年天险"八个大字。可我们始终没有找到这块石碑。

初春的太行山遍野山花烂漫。如果能在这个时节赶上一场云雨，层峦叠嶂的太行山就会变得若隐若现，仙气十足，宛如仙境。向下俯瞰，一片翠绿丛中，似乎掩盖了山体的险峻，却依旧不难看出起伏的落差。正如那句"仙人台高鹤飞度，锦绣堂倾去无路"。

长城的北侧是肉眼可见的绝壁。绝壁垂直于天地，像极了金庸先生笔下华山论剑里的场景，怪不得这里有"万年天险"的题词。天险与长城交相辉映，我们在感叹大自然鬼斧神工的同时，也不禁感慨当时人们修筑长城的不易。

明朝修筑长城，有着自己独特的建筑风格，修筑手法也相对较为成熟。不论外长城或内长城都分为不同的等级，卫城、城墙、烟墩各有各的功能。长城各个建筑也能互相配合，偏坡、挡马墙等修筑得十分明显。建造在太行山的长城都是就地取材，石砌在奇峻的悬崖上。这里看上去宛如仙境，与残破的北齐长城形成了鲜明的对比。

在长城侧面，可以清晰地看到一块块巨大的青石，似乎每一块都在诉说着年代的久远。许多背光的地方长满了青苔，尽显时光飞逝、历史沧桑。明代的长城是以关城为重点，以点带面地防御，散布在岩壁边上的石墙壁垒清晰可见，大有"一夫当关，万夫莫开"的气势。无人机升空向前飞行，镜头下有一座特别的山峰像是擎天一柱，又像是神仙下棋的棋盘，仿佛这里常有神仙降临。仔细瞧去，树木之中像是有一条蜿蜒的小路，于悬崖峭壁之间通向这个棋盘。

目前山西的这段长城遗址尚未开发，但河北内丘县已立了文保碑，且修复了关门和城墙。经过这样的改造，它已失去了原始的样貌，没有了历史的沉淀。可我想说的是，若立足打造"黄河、长城、太行"文旅产业，我们不能慢三拍，要快一点。尽管如此，走在长城的遗址旁，感受到的依旧是一种睥睨天下的气势。闭眼聆听呼啸而过的风声，我不觉与风一同呼喊，心中顿时豁然开朗。

都说"不到长城非好汉"，登上长城，我也颇为自信地说，就在这茫茫太行之中，就在这雄关古道之上，我们这一路寻来多有艰辛，也算得上是几条好汉了吧！

2021 年 4 月 12 日

寻踪太行山黄榆岭长城

五年前，我曾看过中央电视台第4套栏目《远方的家》播出的节目《走进黄榆岭长城》。从那时起，我就对太行山深处的长城关隘产生了浓厚的兴趣，总想找寻机会实地踏访一次。这么多年过去了，我终于有了遍访山西内长城的计划，也终于有了这次追"墙"黄榆岭的行动。

出发前一天的晚上，我又一次打开电脑搜索央视《远方的家——走进黄榆岭长城》节目，再次观看熟悉黄榆岭，对黄榆岭长城有了更多的感觉。来和顺的第二天，我们就来到大峪口村。

黄榆岭是晋冀两省交界的一座大山。多少年来山西这边还是叫大峪口。黄榆关像一座巨大的屏障，横卧在大峪口村东的山梁上。还好，这里依然保留着原汁原味的关门、敌台以及毛石砌垒的城墙，只是山西一侧于2020年5月修了一条石板路通至关门洞内，过了关门就是河北省邢台冀家村乡。山下有一条河北与山西相通的古道，明朝时在山岭险要处建了古长城，设有关门、营房、烽火台、炮台等设施。它南接支锅岭长城，北连马岭关长城，在太行山上构筑起一道高墙，以抵御蒙古瓦剌部族南犯侵入中原地区。山脚下的营里村，原来就是明朝镇守边关的兵营所在地。它四面环山，城堞垛口在峰峦掩映、山岚笼罩下时隐时现，更显出冰山一角似的雄姿与壮观，战时可作为边塞之防守，平时可装点山川之壮美。历代戍边武将巡逻至此抒发豪情，文人骚客游历至此即兴吟咏，留下很多诗词歌赋。据资料记载：明代顺德府知府

人类生产和生活破坏及盗窃长城碑刻牌匾和建筑构件等现象，这些都不同程度地造成长城的损毁。省里已经出台了《山西省长城保护为法》，这几年各地对长城的保护力度也明显加强，但非法采矿、风电工程建设、不当的旅游开发等行为，对长城及其历史风貌的破坏仍然时有发生。

我对长城的感情由爱而到深爱。如今，寻访长城已成为我生活的一个重要组成部分。听了老乡的话，我由衷地理解了山里人对长城保护的那份迫切愿望。我知道，个人的力量实在是非常有限，但我愿意为宣传长城、保护长城尽自己的一份绵薄之力。

2021 年 4 月 14 日

探寻"茨"字号长城4号残台

农历五月十六凌晨3点半，我们从灵丘驻地出发。

带着昨天傍晚拍摄的喜悦，越野车开着大灯穿行在山区的乡间沙石小路上，一路颠簸开进了山沟里。此时，一轮圆月高悬在天空，大地还笼罩着一层淡灰色的轻纱。路过小村时，听到村里的公鸡在打鸣，仿佛在向我问好。穿过大庄村，在沟谷岔路口实在没有车能走的路了，于是我们下车整顿装备，开始徒步穿行。

今天的目标是位于河北阜平与山西灵丘太行山上的"茨"字号长城4号台楼。这里气温很低，虽为仲夏，山谷里却依旧寒气逼人，穿着冲锋衣都能感觉全身凉飕飕的。周围一片寂静，只听见远处树林里传来声声鸟鸣。我大口喘着粗气，专注地前行。突然一只身着美丽羽毛的雄性野鸡从路边的灌木丛里飞起，着实把我吓了一大跳。歇一歇，缓缓神，继续前行……

终于爬上了山的隘口。看到"茨"字号长城残缺的台楼时，我瞬间就心潮澎湃——这就是要探寻的 4 号残楼，孤零零地只剩下一堵墙。转身再看东边，天际露出了鱼肚白，光线很柔和。接着，天边出现了一道红霞，红霞的范围逐渐扩大，给远处的群山披上了一层红色锦缎……眼前的壮观使我热血沸腾，我赶紧支起三脚架、拿出相机，安装镜头，调整光圈儿……可转眼工夫，晨曦就成了深蓝色。渐渐地，太阳露出了小半个脸儿，红艳艳的好似一位美丽含羞的少女，总也不肯露出她的庐山真面目。

　　真美！我赶紧不停地按下快门。

此时天色越来越亮，太阳慢慢地上升，露出了它那明亮的红彤彤的脸庞照耀着大地。此刻，整个天空霞光万道，光彩夺目，我被眼前的景色给迷住了，仿佛自己也变成了一片云朵，融进这灿烂的霞光里……

2022 年 5 月 21 日

寻踪山西境内"茨"字号长城

今年春天新冠肺炎疫情的又一次围城，再次打乱了人们正常的生活秩序，我们摄影人也不得不按下暂停键，在这个最美长城采风的季节，遗憾地错过了春花。

初夏来临时，有好消息传来：山西全境抗疫取得了阶段性的胜利。

此时正值春夏交会之季，万里山河壮美苍翠，如此绝佳的摄影时机，我怎能自甘寂寞？静坐家中，难以割舍的长城情节如同春芽肆意生长，于是今年以来的首次寻找"茨"字号的长城采风行动开始了。

当然，为了安全起见，出发前我们都进行了核酸检测，并且个人防护措施也丝毫不敢放松，进入服务区如厕、加油全程都佩戴着口罩。虽然这样多少使得人心情不大愉悦，但一想到又将荡漾在青山绿水之间，日思夜想渴望见到的长城又要呈现在眼前，愉悦之情顿时溢于颜表。

这次的目标是山西境内的"茨"字号长城，由于内长城在太行山上没有连续修筑，形态也没有外长城地段那样雄伟壮观和秀美，所以关注的人不是很多。再加上年代久远，自然塌垮和开山扩路等人为因素，使得这些长城墙体损毁得十分严重，许多地段就只剩下残墙孤楼。现在除长城调查资料和当地一些上了年纪的老人外，鲜有人知道它们的具体位置和情况了。为了能亲眼见证它们的存在，也为了留下有关"茨"字号内长城的影像资料，我决定寻找它们，尽管知道寻找内长城比行走其他地段长城的难度要大出许多……

上二广高速再转灵河高速，沿 108 国道东行，穿过马头山隧道，再往东前行，走的全是沙石小路，在一个村庄南出现了一个岔路口，该走哪条路呢？正在迷茫时，沟里出现一个年轻人，还领着一条牧羊犬，于是我赶紧上前打听。小伙子一听我们是拍摄长城的，非常热情地告诉我们"炮楼"的方向和位置，并且还亲自带我走到了山口。当看到不远处山上的"炮楼"时，我们立刻

开始了徒步上山。虽然是山沟缓坡，但路途不远。由于时值初夏，天气炎热，不一会儿我们就汗流浃背，但山脚下款款流淌的清澈下关河，又给我们带来了些许凉意。登山穿行在灌木林与羊肠小道中，由于观察与判断的错误，我走到松树林前上了另一条小路，爬到半山腰时越发感觉不对，只能放无人机上去观察，果然走错路了！无功而返，回到松树林前再次借助无人机寻路，终于在灌木丛里找到一条羊肠小路，虽然已经很疲惫，但心总有不甘，我们心里不服气地升腾出一个意念——上！爬了30分钟左右，就

上了山头垭口处，哇！这里就是"茨"字4号敌楼，可惜只剩东南角墙体的残迹了，远远看上去就如同一根柱子支撑在天际，于是我便给它起名为"擎天柱"。长城敌楼的残墙屹立在崇山峻岭之中，两边是悬崖峭壁，极目远眺，仿佛一面轻轻拉开的大幕，里面黄沙漫天，鼓角争鸣，烽烟四起，呼啸而来的是兵戈铁马，震天的拼刺声和砍杀声，刀光剑影后是一个个抵御外族的誓死之心，马革裹尸的不归抉择！定睛，其实什么都没有，是我神游了！

我赶快拿出相机，选好角度狂拍摄。

拖着疲惫的步伐下山回到车前，迅速补充给养。一鼓作气驱车 23 公里又来到"茨"字 7 号、8 号和 9 号敌楼。这里的三座敌楼居高临下，条石基础砖包完好，保存相对完整些，沧桑中历史感可见一斑。可此时在我眼前呈现的是，从两座敌楼下的隘口穿行而过的施工公路。山上长城逶迤盘旋，山下公路绵延向前，古代的防御体系为现代道路工程的让步使我不由得感慨万千，这里在开发通往河北的旅游公路呢！

我们总想为历史争取些什么，却总是抵不过时代浪潮的一次次冲刷，任凭它们雨打风吹而去！历史上，古老的长城曾发挥过巨大的抵御北方草原游牧民族的作用，比如匈奴，比如突厥。而今天的长城早已失去了它的屏障和保护作用，已经变成一座座历史文物，变成了一个个文化遗迹。再看沟里的现代交通，绵延不断伸向远方，方便了山里人出行，也为山里人打开了一扇生活的窗、一道社会的门，使得山里人走出去，走向外面的精彩世界。生活发生了质的改变，而长城已经成为古代文明在当今的一个文化符号！一方面是古老文化的传承，另一方面是现代文明的发展；既要建设发展交通事业，又要切实做好保护长城历史文化遗产，成了摆在我们面前的一道难题。如何才能兼顾二者并行不悖、使得发展与保护兼而有之，这是摆在我们每一个既关心历史文化遗产也关心现代文明发展的人面前的一个重要的客观的现实问题。希望这道难题能在建设者的手下兼顾并重，使之得到合理有效的解决，这一直是我在拍摄中挥之不去的思考。

外出拍摄虽然长途奔波，人困马乏，但也览山阅水，听风闻雨。梦要亲自实现，长城要亲自去看、去拍摄，一座敌楼、一段城墙，阴雨天拍摄它们的苍茫断复连，下雪天拍摄他们的银装素裹，日出日落景色各不相似；春夏秋冬趣味也迥然不同。

我拍摄长城有一个基本原则：尽量到乡镇附近的酒店投宿，实在没有条件时才会在老乡家里过夜，这样既可以省去准备炊饭的操劳，也可免于帐篷搭建的辛苦，以节省出大量的时间和体力成本，用在拍摄过程中。经过一天的长途跋涉，筋疲力尽，酒足饭饱后东倒西歪地躺在老乡家里的土炕上，外面的风吹得树枝毕毕剥剥，身下的土炕是温暖的源泉，头顶是昏黄而温暖的灯光，老灶台上热水壶里袅袅飘出的白色蒸汽徐徐冲到空中，逸散成一片朦胧的

黄白。那种温柔的惬意和幸福疲倦没有亲身经历，还真的体会不到。为了便于投宿和补给，我通常选择距长城最近的乡镇作为每天的终点。

2022 年 5 月 25 日

走进传统古村落茨沟营

　　茨沟营是太行山深处的一个传统古村落，这几年我每次路过都要进来看一看，可每次都只是在村口的大戏台广场上匆匆拍照然后赶往别处去了。今年整理"茨"字号长城的片子，居然发现没有一张表现茨沟营长城的理想片子，于是，盛夏之际，我们驱车四小时专程来到茨沟营村。

　　这里四面环山，河流穿村中而过，周围群峰耸立，风景如画。茨沟营是1986年公布的山西省重点文物保护单位。据村中东城门楼明代万历年间额嵌石匾"应关城"和城门楼北壁明代天启三年嵌碑"新建楼阁碑记"叙述，茨沟营始建于明代万历初年。明清两代，一直是内长城一线上的重要关隘要塞和军事重镇，村中至今遗存多处明代建筑。

　　村口的一座"碧霞祠"寺是村里年代最久远、最具有历史文

化积淀的古建筑了，我每次来都把车停到门口，上台阶进祠院来看一看，记得去年秋天来的时侯，来自繁峙的民间手艺人张师傅师徒二人正在给奶奶庙绘壁画、做观音泥塑，今天中午天热，我走进祠门凉快凉快。啊，这里又增加了四尊四大天王泥塑，而且又遇见张师傅师徒二人，张师傅告诉我说："去年就把奶奶庙的彩绘和泥塑做完了，今年四月十八村里庙会的时候请来和尚开光了。今年村里请我做山门的四大天王，可能有人投资在寺庙后面还要建一座玉皇阁。村里的变化真的是太快了！"

今天我来拍摄夕阳下的明长城。太阳落山要到晚7点50分左右，我有充裕的一下午在村里打发时间，于是决定背着相机进村里转一转，沿着石头路穿过东门洞，又穿过"应关城"城门洞进入村里。哇！第一次走进这座古老传统的村子，全村的房子均用天然的石头、泥土和木材做成，连院子的围墙和田垄都用天然石块砌成，这里环境优雅而远离喧嚣。至今仍保留着当地最传统的民居和民俗，整个村子非常的安静祥和。两边山岭上有明长城遗迹，尽管已经是盛夏，可这里却如同世外桃源般清凉，一条幽静的小河发出哗哗的流水声，一股清新的空气扑面而来，让人顿觉神清气爽，浑身充满力量，这里和外面的天比起来，俨然是两个世界。

村里老乡听说我要拍摄明长城，就引领我穿过几条小巷，然后给我指路，让我顺着一条崎岖小路爬上山顶。我停下来看了看前面的山路蜿蜒曲折，夏季又长满灌木，荆棘密布，还是打了退堂鼓。毕竟我一个人，没有团队的力量和勇气，还是扫街吧，和村里老乡聊聊天也很开心。

　　茨沟营的民居是黄土与石头混合填充的墙体，石板或石头铺就的大小道路，整个下午的色调趋于暖色，深深烙着沧桑时光痕迹。几百间风格相似却又完全不同的砖瓦石头房，沿沟而建。或许这儿比较原始，加之村里没有学校，年轻的人为了给孩子上学，更为了生活得好点儿，他们都渐渐选择离开了村庄，原来500多人的村子，现在只剩下年迈的老人还执着地固守着这方心灵的家园。

2022 年 6 月 30 日

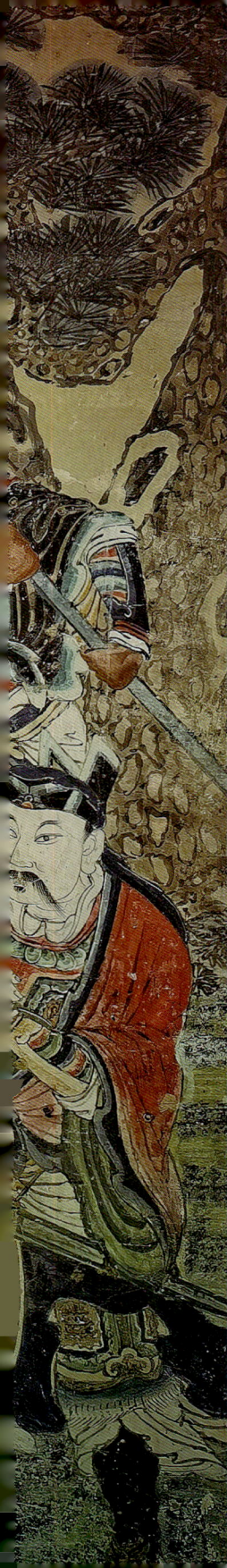

长城脚下应关城明代壁画

前几天去灵丘的路上，经过茨沟营时恰逢正午，艳阳高照，天气炎热，我便拐进长城脚下号称"世外桃园"的茨沟营村来歇一歇，在村委与村主任闲聊时听说前几天开始修缮村内的应关城楼了。啊！500年的文物要大修了？村主任说："还有明代壁画哩。"这立刻引起了我的兴趣，我赶紧背上相机起身，与主任进村去看应关城楼。

根据石碑及史料记载，应关城建于明代万历初年，是当时的东城门。我穿过城门洞，看到眼前的应关城楼已被工人搭架围堵，开始揭瓦拆砖。我紧跟主任爬上二层城楼，这是城楼大殿，坐西南面东北，面阔三间，进深两间，五架梁，前檐有明廊，后檐土坯墙，硬山灰瓦顶。这样的建筑风格在这个

小村子里别具风格，宁静中带着古朴，典雅里透出庄重。

　　我急忙走进阁楼内，只见三面墙体上七彩辉煌，霎时靓眼，400 年前的明代壁画呈现于眼前。我虽不懂壁画艺术，但看到这些墙上的壁画非常精美，阁楼很小，所以壁画的场面并不恢宏，听刘主任讲："应关城供奉的是关老爷，所以壁画绘的是三国故事。"我先仔细观看，然后赶紧拍照。在这些壁画上，刘备、关羽、张飞、赵云等人物的表情生动传神，栩栩如生。每个场景的造型布局巧妙，人物刻画细致，风格技巧都富有个性特征，跃然纸上，看上去会有呼之欲出的感觉，太美啦！但随着时间的流逝，墙壁低处多部位出现画壁脱落。墙体也有开裂，看样子能不能继续持久下去，确实存在危机了！这些艺术品需要修缮，保护至为重要！

听工人们说大殿要落顶修缮，可壁画揭不下来，如果墙体拆了，壁画也就荡然无存了，那壁画怎么办？这是一个令人伤感的事实，使我为这些壁画的命运深深地担忧。

2022 年 7 月 6 日

竹帛口长城脚下古村落

　　每次走 108 国道，由西向东，经过平型关收费站后，对面山上那蜿蜒起伏的长城和它脚下炊烟袅袅的村庄，就会呈现在眼前。这就是韩庄和竹帛口长城，今天我又一次走进这个明代长城和古村落。

　　如果你想了解山西境内长城的雄伟和古朴，如果你想感受内长城的历史内涵和文化底蕴，那就要来韩庄村。

　　这里保留了原始村落的建筑风貌，也存留着长城人家的风土人情。五百多年的历史沉淀，再加上当地旅游资源的重点开发，使得越来越多的长城爱好者被吸引到了这里。他们长途跋涉，来此观光，感受沧桑。

　　有人说：竹帛口长城是山西保存得最好、最具规模、最具视

觉冲击力的长城。这里自然地成为长城爱好者的心仪之地。

竹帛口长城这里曾经有竹帛口关，就在公路边。后来因修108 京原公路，把原关口拆除了。

竹帛口长城是"茨"字号长城的一部分，包括从山上的 22 号台至公路对面山上的 34 号台。这里保存着较好的敌台，和"茨"字号其他敌台一样，它的外形是正四棱台形，底部是石条砌筑，上部是城砖砌筑。石条部分为实体，与城墙相连。城砖部分又分为上、下两层，上层有射击和守望用的垛口；下层用砖砌暗室，南北两侧开有四面箭窗和射口，东西两侧开了两面箭窗、一扇门，中间有天井和上层相通。

我每次都要登上最高处的 23 号敌台，站在被岁月侵蚀的敌楼上，凉风从山谷徐徐而来。抬头望向山间，望向远方，可以看到蜿蜒的竹帛口长城顺山脊而下，跨河谷，越群峰北上，便隐入韩庄村东北方向的苍山之中。在这个敌台下面就是镶嵌着"茨字贰拾肆号台"石匾的保存最好的 24 号台楼。

下山，沿着去年新修的登山旅游石阶栈道轻松地往下走，便可以进入韩庄村。

在这个古老的村落里，有一个农家乐特别有名。记得有一次我从长城上下来，肚子已经很饿了，又想着就近住下，第二天还要拍摄竹帛口长城的日出，于是就在村里打听哪里可以吃饭住宿。热情的村民介绍我走进了农家乐刘大姐家。刘大姐两口子纯朴好客，热情招待，给我做了最具有当地特色的农家饭。原生态的饭菜吃起来清淡，却十分可口。饭后，我坐在院子里，感受着这里舒适的环境：淡淡的月光下，影影绰绰的菜园子，清静而整洁的院落，颇有几分田园味道的诗情画意。那一天，老两口儿热情的服务，可口的饭菜，舒适的环境，给我留下了难忘的记忆。

这一次，我照例又来到刘大姐家的农家乐住宿歇息。乘着夜色，一天的疲惫在徐徐清风的触摸下缓缓释放，身体渐渐舒展开来，心情也渐入佳境。洗漱毕，再次坐在院中的一块长城条石上。环顾四周，远处是隐约可见的蜿蜒盘旋于群山峻岭之间的巍峨长城，似巨龙腾飞；眼前是独具特色的农家乐小院和别具风味的饭菜，令人唇齿留香……

第二天凌晨，我早早起床，顺便把自己随车携带的心爱小鸟挂在院里树梢上。晨曦中的小院里，耳畔是一声声清脆的鸟鸣，眼前是盛开的各种花草树木。月季花烂漫地爬满院墙，园子里深浅不一的各式蔬菜生机勃勃，翠色盈人。好一份惬意了得！

古老的长城，淳朴的乡民，构筑了长城脚下的这一方世外桃源，也成为长城人的心灵补给站。因为要拍摄不同季节下的长城景色，我一年会来这里好多次，刘大姐温馨舒适的农家乐便成了我往后拍摄长城的落脚地。来这里的次数一多，我便结识了一个新朋友——刘大姐家里养的这只名叫"花花"的小狗。它每次见了我，都会拼命地摇着尾巴表示欢迎。这家伙太聪明了，我每次登长城，它都会在前面带路。遇到有分岔路口和转弯时，它就会停在那里等着我，生怕我走错路。如果我累了走不动，它就会返回来围着我转圈，仿佛在给我鼓劲打气。有了它的陪伴，孤独寂寞的路上更多了几分活力和勇气。

拍摄长城这么多年，我不仅领略了长城的雄浑与壮美，也丰富了自己对长城的了解。而长城脚下这许许多多的风土人情，更是深深地吸引了我。我需要与这些朴实的边民交朋友，向他们了解更多的长城故事，了解当地的风土人情，也学习他们身上朴实醇厚的品格。因为有了这些丰厚的长城边地内容，更促使我忍不住想更深入地探究她、融入她，并切身地感受她独有的脉搏和温度！

2022 年 7 月 10 日

踏雪航拍项家沟

北方的冬季往往干冷，偶有雪花光顾，但大城市里是存不住的，唯有偏僻的乡村和山野间才能留得住白雪。

为了拍摄长城雪景，我一冬天都在打听哪里有降雪，听朋友说宁武神池一带的大山里积雪未消且雪景迷人，于是我约了飞友，欣然前往。

一路导航，首先来到神池龙元村和项家沟的大山里。一下车，入眼即是皑皑白雪，即刻间感到寒气袭人。雪地上无人机起飞，刚飞了一块电池的工夫，我们脸上就冻得有些麻木，后悔穿少了。久居闹市，很久没感受过如此凛冽的寒气了。环顾四周，山川田野皆披着银装，原汁原味的千里冰封的北国风光就随即呈现在眼前。雪地上自然是要安步当车，踏雪而行。冬日的雪景一幕幕铺展开来，山顶躺着一条长长的土夯长城与项家沟古堡相连。

　　无人机在空中沿着长城飞行，寻找古堡的拍摄视角。远处山顶空旷而清远，连绵的长城蜿蜒在山峦间。陪伴长城的是每个山头都转动着的巨大的风力发电塔。从高空俯瞰，阳光透过一排排发电塔，把叶片影子投射在雪地上，亦是一道道平行线。风电、白雪、蓝天、阳光，展现出一幅宁静的冬季雪景图。长城的西侧山坡是大面积的光伏太阳组元，它们又各自组成一道独特的风景。山谷里则是各种线条勾勒出的原野和梯田，中间呈弯曲盘旋的公路。在沃雪的覆盖下，镜头里的所见又是一种特别风格的印象派画面。

　　从遥控器中收回视线，项家沟村子周围的灌木丛中燃起一点橘黄的色彩，在白雪的映衬下显得那般鲜亮。那是北方山区特有的沙棘丛。经过寒冻之后，一粒粒的沙棘果映衬着古堡墙体分外娇艳。寂静的山中，无人机的声音惊动了山上的喜鹊，几只胆大的结伴在无人机周围盘旋，似乎在向外来者宣示"这是我的领地"。近午时分，冬日的阳光洒在雪地上，"雪晴云淡日光寒"。雪地里的冬阳带来那一点点的暖意，在此时我的感觉是那么的珍贵，那么地让人身心舒适。

冬季山区飞行，无人机的电量消耗得极快，很快三块电池的电量都耗尽了。本来想通过遥控器选择一些图片下载到手机上转

发给朋友们，突然发现遥控器也低电量报警了——下山吧！

下山的路上，碰见一大群山羊。这么冷的天里，居然还有人在雪地里放羊？真佩服这位放羊人！山脚下的村庄有几处残留的黄泥土房，中间是红顶白瓷砖的新砖房。院门外，几头老牛默默地打量着我们这些过客。大自然怀抱中的乡村是那么的恬淡安适。以往贫瘠的山区，如今正改变着。绿水青山就是金山银山，这里就是最好的写照！

2021 年 1 月 13 日

生铁铸成的老营堡

我对偏关老营堡的心驰神往，是从一张图片开始的。

前几年当我看到一张来自《中国国家地理》刊发的晋北军堡群的图片时，心中对老营堡便产生了无限向往，图片上配的文字是这样描述老营堡的：这里是晋北长城中一个最为重要的军堡，古有"铜宁武，铁偏关，生铁铸成老营盘"的说法。从城堡规模到军事建制，都是全国县城之外建设得最大的古堡，堪称"中华长城第一堡"。

这是个什么样的古堡，能有这样高的评价？于是我先后几次去了这个被称为"生铁铸成"的老营堡，去找寻古堡的答案。

在一个凌晨，告别了昨日驱车的疲惫，我登上了长城 3 号公路的观景台，想等待清晨那仿佛独属于晋北的第一缕阳光。而此刻，东方的天空却是另一番景色，随着夜色渐渐褪去，那片湛蓝越发显得明朗，朵朵白云形态各异地挂在其中，在与清凉夏风的嬉戏打闹中肆意地变换着模样，大自然的天籁将我紧紧拥抱，此刻虽然没有看到日出，可我已是迫不及待地按下相机快门，用镜头开始记录这个古堡的清晨。

随着快门声响，镜头里的影像一次次刻入脑海，而目睹祖先这完整保留下来的老营古堡时，我心里是有些骄傲的，如此巨大的古堡，建筑规模是仅次于偏关县城的第二大堡，也是明长城三关镇的重要官堡，它经历了岁月的洗礼，还能如此的镇定，它承载着家国的重托，还能如此的宁静。

老营堡古城的城墙，曾经全部用砖石砌成，现在城墙上的砖石已被拆得所剩无几，裸露出来的黄土被风雨侵蚀，不断剥落，因南城墙向阳避风，又因城墙厚重异常，所以当地村民就在城墙上掏了洞，称为"土窝窝"，这也就自然形成了"老营堡特色"。城中有一个类似玉皇阁的建筑台墩，四面门洞相通，上面的楼阁已不复存在。堡内虽然有许多是居民新建的平房，但建于20世纪或更早年代的窑洞仍旧留存不少，自然给城堡增添了几分古朴和厚重。像这样的堡寨，如今在别的地方已是很难见到了。我沉浸在这座古堡中不能自拔，每天摄影回来，我都会在这座古堡的大街小巷散步，感受隔着时空的风土人情。

当年老营堡极盛时期的情景是：城内有3000余户人家，43家商号。整座堡城内街道整洁、商铺林立，青砖碧瓦的民居鳞次栉比。街市上到处是客商，蒙古族商人的皮货和胡油、牛马等在此出售，而汉族商人的铁器、铜器、棉布及其他日用品纷纷运往蒙区。在外长城沿线的商埠中，老营堡可称得上是富甲一方的商业集镇。由于老营堡位于明代内外长城的接合处，不仅在明代的长城防御史上具有重要的地位，同时在长城沿线蒙汉商品贸易中也是长城边贸重要的口岸之一。

我站在对面山上看着古堡，等待夕阳。上一刻还是晴空万里的好天气，让我信心满满地觉得今日定能见到漫天的火烧云，不料黑色的积雨云迅速向着古堡上空聚集，浅蓝色的天空迅速阴沉下来。太阳虽然被厚重的云层盖住，但仍倔强地散发着光与热，它缓缓降落，寻找云的缺口。只要让它露出片刻，金色的光便会立刻洒向纯净的古堡。这是一场阳光与云雨的较量，没多久，另一个方向传来了轰鸣的雷声，一场大雨倾盆而下，我急忙下山快速躲到车里。

过了一会儿，雨停了。我怀里揣着相机，又一次爬上山的最高处，再看一眼天空与古堡。暴雨后的风景让人惊叹。红霞蔓延

在天际，一道红云在烽火台上方像一把通向天堂的梯子。此刻的老营古堡真的太美了，太美了……

老营堡就是这样一个能够看到双倍风景的地方，当我返回古堡时，滚滚的战云和滔滔商海早已风打散云吹去，听到的是公路边儿日夜穿梭的运煤车辆轰隆轰隆的声响，而我面前的是一个实实在在、平平静静的偏远乡村。虽然失去了往日的繁华与喧嚣，但它依旧默默屹立在苍凉的大地之上，让我领略着老营堡厚重的文化底蕴，体会着历史的风云变幻。

2022 年 7 月 24 日

桑干河畔大辛庄古堡

　　丁玲的《太阳照在桑干河上》这篇课文，是我中学时候读过的，桑干河也因为这篇小说而闻名全国。上次是冬天来阳高采风，正好有机会目睹桑干河向北京永定河补水，清澈的桑干河水一路欢歌，经河北流入首都，那个场面太壮观了。

　　7月下旬的一天，有几只小鸟从水面掠过。我又来到阳高。雨后的晋北，凉如秋。桑干河上碧波荡漾、芦苇青青。阳高县境内南端的桑干河段风光旖旎，景色秀丽，这里四季风光各异，素有"雁北小江南"之称，是个休闲旅游的好去处。

　　在桑干河南岸，耸立着一座明代古堡——大辛庄古堡。虽历经500多年的沧桑，但依然保留了古堡主要的建筑风貌，曲折蜿蜒地伸向山谷的街巷，鳞次栉比、炊烟袅袅的老屋，无不像是在与后人诉说着当年那些金戈铁马勇士戍边的故事。

一大早从阳高县城出发，因到处都在修路，我只好在乡间小道上七拐八绕费了半天的劲儿才进了村子，远远就看到村中间那片裸露着的巨型火山岩石上，村民正围坐着晒太阳。和往常一样，我先是下车拍摄了几张人文照片，然后便和旁边的一位大爷打听道："大爷，那个高处孤零零的房子应该有段故事吧？"两位老乡争相告诉我："那是一间周王庙，由于年代太久周围坍塌了，你现在站在上面，都能看见桑干河了。"接着我又打听起古堡的事情，一位老乡说，刚才走了的那个人就是管古堡的。"什么意思啊？""就是刚才那个人拿的古堡钥匙了，他如果同意的话，

就能带你进古堡看看。"噢！真是得来全不费工夫，我赶紧追了上去……

　　大辛庄古堡原名"孤寨"。明嘉靖年间，员外解铭主持修筑，距今已将近五百年的历史了。古堡占地 2426 平方米。外观雄伟古朴，风格独特，为全封闭城堡式建筑。堡体由夯土、糯米汤筑成，原为石砌寨门，现在是铁门。墙高 12.2 米，坚如磐石（古时为大辛庄重要的军事设施之一）。据传，它的主人为解员外，因为这里传说是"凤凰觅食"之地，故建一土堡久居在此。明朝初年，干戈四起，贼盗频仍，解员外在旧堡东侧新筑一堡（现存古堡），专藏金银细软，保护老小家眷。当时灾害频繁，每逢盛夏水患不断，漂浮物受阻。淤积，日久腐烂发臭。解员外为造福百姓，耗金千两，

疏通河道。或许因其仗义疏财，感动上苍，除夕之夜，员外得道成仙，古堡也因此浸染灵气。

在大辛庄除了这座古堡，还有一个奇观——洪门遗址和洪门石窟值得一探。我沿着村里的水泥路往西走不多远，就站在了洪门寺遗址的崖顶，仰望远方的蓝天白云，俯瞰峡谷里桑干河水奔流，两岸山崖陡峭，犹如斧砍刀凿，这里实在太美了。

顺着岩石小径往下走，就能看到一座石窟像蜂窝一样雕凿在桑干河的绝壁之上，这就是洪门石窟。据史料记载，洪门寺始建于隋末年间，整座寺庙依山开辟，天然岩洞和人工凿洞占据半壁山崖。其规模之大、年代之久、洞穴之深，实为罕见。石碑上记载，明万历年间，道士王继伦在此凿洞修炼，依次凿崖开窟，坐南朝北建有佛殿、玉皇阁、关帝庙、河神庙等，现存建筑之一的洪门寺遗迹为佛殿遗址。

其实，一座古堡，一处寺庙，在战火纷飞的日子里，它刻印着岁月的痕迹，寄托着百姓最纯朴的诉求。而那些被塑造成仙的英雄人物，往往也是出自最本真的内心，在跌宕起伏的时空中义无反顾地承担起救苦救难的菩萨形象，在渡人渡己中感动着每一颗善良的心灵！

今天又走马观花地看了一遍大辛庄古堡，然后我驱车沿河往上游走，到云州区境内再次目睹了桑干河上最大的册田水库……

2022 年 7 月 23 日

虎头山下将军峪

　　娘子关的明长城被列入第一批国家级长城重要点段名录，其中包括娘子关和固关长城。大多数人只知道娘子关和固关长城，不知道与固关长城相邻的还有一段将军峪长城。

　　去年我曾陪同电视台刘老师，按图索骥来过这里。在山下的芦家峪村，因修路受阻无法前行。放飞无人机多次观察，根本没有看到长城遗迹。

　　疫情弱去后，再去将军峪已

经是一年以后了。沿着标准化的旅游公路，一路畅行来到芦家峪，只见山路盘旋而上。放眼远望，满山碧绿，绚丽灿然。穿过一座观音阁，我终于见到了将军峪村的庐山真面目。

一进村，只见大戏台两侧墙上的"百花齐放，推陈出新"八个大字。村里石头碹的窑洞错落有致，几户人家的屋顶用红色彩钢瓦覆盖，在阳光的照射下分外耀眼；房前屋后，树木枝叶茂密，缤纷多姿。道旁核桃树上的核桃挂满枝头，院前杏树也挂了红色的杏子，真是果实累累，一片宁静。村里好半天不见一个人影，敲了几户门，终于找到了一个知道山上"边墙"的人。

——找到了，终于找到了！当老乡告诉我，明长城就在村东头的那座山顶上时，我心里的那个高兴，大有"踏破铁鞋无觅处，得来全不费工夫"的意外和惊喜！虽还有两天（六月十八）就进入上蒸下煮的入伏天，我也顾不得这些了，戴上凉帽，顶着烈日，开始了徒步登山。

大汗淋漓，终于登上了山顶。站在点将台遗址上俯瞰整个村子，只见四面环山，房屋建筑皆是依山而建。山上植被丰富，静谧宜人，是典型的原生态天然氧吧。居民窑洞全部以干碴石砌为主，各种建筑随山势起伏而错落有致地排列其间，许多建筑至今还保存着古村落最初的模样。

又翻过两个山头，看到一座烽火台。登上烽火台后，朝北望去，一条人造巨龙随山势蜿蜒而行，直通固关。山坡上灌木葱茏，把"边墙"衬托得更加威武。这里的长城顺着山脊蜿蜒构建，全是石块垒砌，有的地方还使用了石灰泥。经过无数岁月的沉淀，这些石灰泥已经变得与石头一样坚硬。骨感的长城，虽没有固关那种"雄关漫道真如铁"的气势，却给人一种真实的厚重感。向下俯瞰，山坡下的梯田在阳光的映衬下显得层次分明，就好像一块块随手织就的绿毯，又宛如一级级蓝天的云梯。梯田如练似带，把山峰绕成一个大环，真的是层层梯田漫山坡，如醉如痴，如诗如画，

让人颇感惬意。

有资料显示，固关长城北起娘子关嘉峪沟，经将军峪村台垴山穿脊而过。至今这里仍留有将军台、敌楼、烽火台、绊马沟、跑马场、饮马井、古采石场等军事遗迹。这里还是国内保留较完整的目前可考据的唯一石砌和土筑的内长城，著名长城专家罗哲文教授称之曰"小八达岭之风韵"。

村民王双平告我，村里世代传说汉代刘秀躲避追杀时，曾在村东"虎头山"下皇岩处躲藏，所以村里留有刘秀井、刘秀洞、滴水秀洼等遗址。

娘子关保卫战时，将军峪村是重要战场。川军第二十二集团军和八路军秦赖支队曾在此与日本侵略者进行过激烈战斗，八路军35团的团部曾在将军峪村驻扎，至今仍留有大量遗迹。

我脚下的这座烽火台位于固关长城南面的虎头山上，地势高凸，群岭尽览，视野开阔，与周边诸山形成拱卫之势，历史上是

固关重要的军事屏障，为历朝历代所重视。

　　无人机起飞了，声音打破了山谷里的宁静。它在空中肆意地拍照，来回的巡绕声惊扰了正在"边墙"上吃草的羊群，也惊扰了山上放羊的梁家垴村民。循着声音，他翻过山梁来到我跟前。几番交谈后，得知我是来拍摄长城的，他自豪地说："我是这里土生土长的人，这里的一切都和自己家一样（熟悉）。站在这座山上，有羊群陪着我，心情舒畅，气定神闲！望着远处山下的固关城，我心宽气顺啊！"听，这就是长城脚下边民的语言，多么朴实，多么豁达！正所谓：物随心转，境由心造。我想，如果我们生活在都市的人，都有一个轻松愉悦的心情，有一个不为世俗纷扰的一份宁静，美好的生活不就永驻心间了吗？

2022 年 7 月 16 日

宁静致远宁化古城

　　认识"宁化古城"还是在去年冬天前往宁武东寨继续追墙的路上，途中突然看到河对岸的山坡上有一座依山而建的村落，村内炊烟袅袅，村外汾水东流，一派祥和静谧的田园景象。路边的大牌子上赫然写着"千年古堡，宁化古城"几个大字，立刻被它吸引。尤其是看到"宁化"二字，脑海里就浮现出一幅宁静致远的画面，心中就有一种非同寻常的感动，便临时决定拐进去看看，于是，转弯上桥，进入村里。

　　村里小广场有块牌子这样介绍：宁化古城历史悠久，始建于隋唐，曾经是隋炀帝的行宫，后因为地理位置重要逐渐演变为军事城堡。宋嘉祐六年，因西夏人侵扰隘口，遂设立宁化军在此守护，"宁化宋城"的称谓即源于此。它是目前中国保存得较为完好的一座小型宋城。现存文物古迹十分丰富，除了隋"汾阳宫"的宫城遗址之外，还有许多宋、明、清三代修筑城池的建筑旧址，

包括明清砖砌城墙遗存及关帝庙、瓮城、宁化万佛洞、明代石窟寺、朝阳洞、旦板洞等古建筑以及保存得较好的传统院落等。

　　本不打算久留，可我看到如此介绍，又增加了好奇心：这么厉害，进去看看！出于尊重与敬畏，我习惯性地下车徒步，探究这里古朴而幽静的小街巷，不大一会儿顺着说笑声音，来到了城门照壁前，只见老乡们正聚在一起晒太阳聊天呢。我走过去跟他们打听、了解当地的情况，几个老乡便你一言我一语地说：宁化堡依山傍水，土地肥沃，风景秀丽，四季宜人。他们一代又一代世居于此，过着"城内烟火人间、城外种瓜耕田"的安居生活。听到这些，我按捺不住地想一睹古城风采的冲动，便欣然一步两个台阶跃上城门。放眼望去，远处连绵起伏的古长城宛若一条巨龙，随着山脊蜿蜒盘旋地延伸向远方，气势磅礴，雄伟壮观，如铜墙铁壁般锁控着各个关口，不难看出古代先人们在认识地理地势方面的聪明智慧和超凡魄力。我穿过大街，走进关帝庙拜了关老爷，出来又走到宁化军署，只见宁化军署大门两侧的一副对联"安边定塞忠勇铁骨，护国为民仁义丹心"，这不正是当年金戈铁马、残阳如血，依然震撼心灵的真实写照吗？

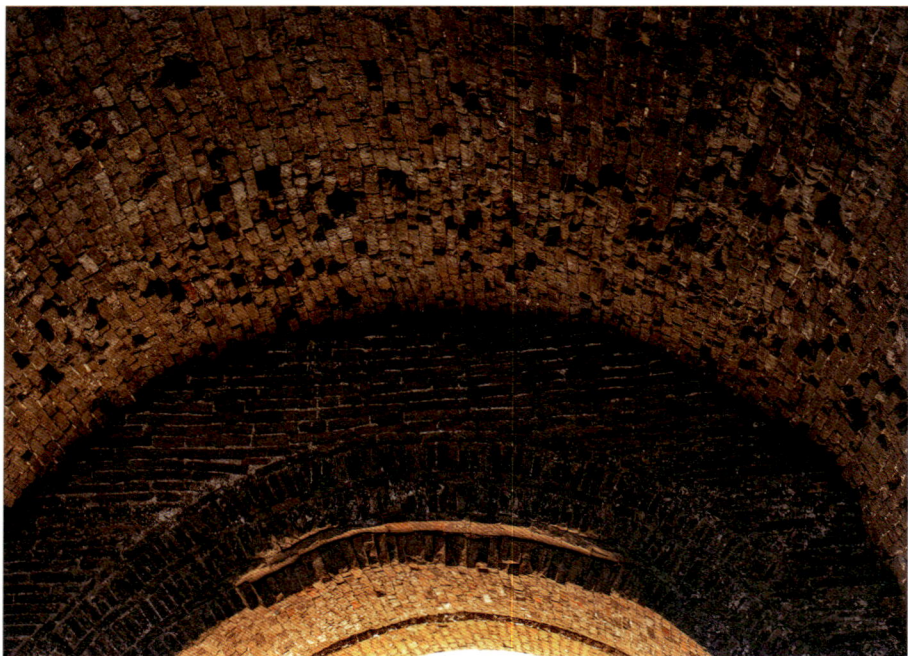

这里真的是一座琳琅满目的历史博物馆。可我无法窥得宁化古城的历史全貌，因为此行的目的是探寻古赵北长城，所以，只能走马观花了，留给下次再仔细研究吧。

因为疫情耽误，再次来到这座古城，已经是今年的 5 月了。在村子照壁前，先用无人机拍摄一张全景图，当无人机在 300 米高空拍摄到了这座城池清晰的轮廓时，我竟然从图传视频里发现了城门外山上的烽火台、马面和古城墙，让我激动不已。

斗转星移，岁月留痕，古城里许多的历史细节依然可见。时至今日，一砖一瓦、一草一木都积淀着历史、充满着故事，都在和这座古城静静地交谈，如同碧蓝的天空与舒缓的流云，表现出一种宁静和超然。这样的气氛很适合沉思，也适合冥想，可以让人不自觉地慢下来、静下来。于是，我和朋友背起相机在古城里来回穿梭，感受它的宁静，用思绪追溯那些穿越千年的时光。

村里年轻的项书记告诉我：“我们村‘两委’班子经过多年打造，按宋代的建筑风格、传统风貌，以小街小巷、市民市井、民俗民风为元素，坚持‘原貌原味’，做到‘修旧如旧’，尽可能使用原有的门窗、砖石等材料对历史建筑进行‘绣花’般的修缮和恢复，留住本色、延续古色、打造特色，确保古城修复之后能与原有风貌协调一致、融合一体，让古城的历史根源、历史纹理、

历史文脉和历史记忆得以传承。"

听着着迷，走得入神，不知不觉中顺着石板路来到汾河吊桥边，站在晃晃悠悠的吊桥上，身下清澈的汾河水静静地流淌着，缓缓向南而去，沉寂的古城因此多了一丝灵动、一丝鲜活。这一天太安静了，太美了，夕阳的余晖给古城添上了梦幻的一笔，让远处若隐若现的山峰显得格外神秘，任时间流淌，没有波澜，也不再忧伤！

认识一座古城，掀起一场回忆，重温一段历史，感受一幕威武悲壮的大剧；寺庙城楼，留下了众多历史的烙印。登古城墙，临风望远，得一份怀古之幽情；访寻古迹，品读碑文，存一份质朴的遐想；寻访民风，体验民俗，得一份人生的真谛！所有这些，正是我爱上古城、恋上古城的真正原因！

2022 年 7 月 10 日

寻踪滑石涧堡

2021年2月4日，农历腊月二十三，小年，"六九"第一天。约好了，与北京回来的侄儿去黄河老牛湾拍照。清晨6点上高速，一路经过多个疫情检查站，扫行程码，查健康码……兴致勃勃地到了偏关县老牛湾景区。

奇怪，4A级景区怎么这么冷冷清清？

车行至景区路口被栏杆挡住了。一打听，因发生疫情，景区关闭，至3月中旬才开放。

进不去了，无人机航拍吧！

快到中午了，从早上出来到现在还没吃东西呢，找饭店！啊，景区所有的饭店居然都关着门。多方打听，得知只有返回万家寨

镇才有饭吃。没办法，返回吧！

进入万家寨镇，在街上找到一家饭店。我们边吃饭，边和老板聊天，询问他哪里有长城古堡。老板娘听说我们是从太原来的，急忙抢话："我娘家村就有。"

"在哪里？"

"滑石堡，山上到处是'圪梁梁'。"当地人管长城叫"圪梁梁"。

我们听了非常高兴，吃完饭，问清路线怎么走，马上去寻访滑石堡村。

　　原路返回到老牛湾附近，导航显示一条新的公路。经打听是新修的黄河长城 1 号旅游公路，去年冬天刚刚完工。一路蜿蜒来到滑石堡村，侄儿用无人机航拍视频，我急忙与几位村民聊天打听。

　　滑石堡，原来称为滑石涧堡，它是明朝九边太原镇长城沿线上的一座重要军堡，也是明长城太原镇的著名隘口。滑石堡现名偏关县黄龙池乡滑石村，位于内蒙古与山西省的交界处。出了此堡，迈过长城，便是内蒙古清水河县。清末民国初期，山西人遭遇荒年，选择"走口外"谋生，这里是必经之路，也是山西人走西口的"海关"和"口岸"。政府在此设卡，走西口人需出示缴税证明，守卡士兵确认无误后才得以放行。

　　滑石堡的这一段长城地势较高，地形崎岖不平。城堡建在长城墙体南 400 米处的一座较高的山丘顶部。站在城墙上可以清晰地观察到周边情况，一望而知是一处易守难攻的战略要地。滑石堡的地底下埋藏着隐秘坚固的防御工程，与地面的堡垒构成严密的防御体系。蒙古铁骑突破太原镇长城南侵近 20 次，滑石堡始终固若金汤。

　　由于长城公路刚刚开通，许多人还没有发现这里。我的脑子里灵光一闪，似乎发现了一个新的奇迹。我心中暗想，待下一场雪后来这里拍照，一定会更加精彩。

　　2 月 26 号，正月十五元宵节，我再次出发，直接驱车长城 1

号公路。

再次来到滑石堡，只见城门保存得基本完整，堡门上方的"镇宁"匾额仍赫然昭示着不屈服蒙古铁骑冲击的气概。城门高6米，进深12米，堡门还保留着部分大条石和包砖。堡的大门仍然在使用。遥想当年，关内百姓就是从这个小小堡门验证验身走西口的。时至今日，农用车和行人仍在出入。

堡门南墙顶部矗立着一座石碑。石碑形制为三部分：碑首为二龙戏珠图案，图案下方为碑名《创修滑石涧堡砖城记》。碑座表面为一圈莲花形纹饰，线条细腻，神态逼真。《创修滑石涧堡砖城记》主要记述了城堡的修建背景、修建过程、重修城堡中的各类设施，最后还论述了加强战备、居安思危的军事方略。堡门肩扛巨大的石碑，显得十分抢眼。经过500年的沧桑岁月，黄土高坡上的滑石涧堡早已繁华逝尽，只有堡门肩头矗立的石碑，仍在向世人倾诉着昔日的辉煌。

2021年4月3日

寻踪狼牙口长城

人与人之间有缘分之说，我相信，与物的接触和深入了解也是需要机缘的。狼牙沟长城的寻访便是如此。

2020年9月17日一大早，和朋友坐飞机来到上海浦东陆家嘴。参加"抱诚守正，领新谋远"大客户开放日活动，聆听了"构筑后疫情时代资产护城河"的讲座。由此，对有着"家国情怀"的海银财富有了更多的了解。

晚上回到房间，和远在山西灵丘的两名飞手微信聊天，得知他们今天在河北涞源和山西灵丘的大山里寻找狼牙沟长城。他们向当地老乡多方打听，终于知道狼牙沟长城的位置大概在山西灵丘附近，且已经找到了上狼牙沟长城的路线，只是时间太晚，想等我回去后三人再上狼牙沟航拍长城。

　　"什么，狼牙沟还有长城？"和我同一房间的朋友刘太灵很是吃惊。

　　"怎么，你对长城也感兴趣？"

　　"李哥，我就是灵丘狼牙沟村的人，我都不知道狼牙沟还有长城。"真的是太巧了。

于是，太灵兄弟马上打电话给住在狼牙沟村里的本家哥，向他询问有关狼牙山上长城的事。本家哥刘成军说，大多当地人不知道山上有长城的事，他常年在山上放牛，知道山上有两座"炮楼"（其实是山上的两座敌楼）。电话里，成军哥满口答应亲自带我们上山寻长城。

回到太原后，我激情不减，马上联系两位飞友分别从太原和大同出发前往灵丘，中午时分在上寨会合。我们见面后，订好住房，在饭店吃碗面就立即驱车进入大山，在蜿蜒盘旋的山路上行进，一直来到狼牙山脚下。这时，路边有两个当地人在向我们招手，我们停下一问，才知道其中之一就是狼牙沟村的刘成军。原来，

他一大早接到在太原兄弟刘太灵的电话，上午 11 点就到了这里等候我们的到来。看看时间，现在已经是下午 2 点多，整整三小时，我们感觉实在是不好意思！山里人真的是好朴实啊！随即，成军哥带着我们四人，顺着他选好的放牛小路，一路攀爬，浑身冒汗，终于爬上了狼牙山。

据资料记载，狼牙口长城属明内长城，内长城没有连续筑墙，而是以险制塞，只在关隘处设防。狼牙口就是这样的一处关隘。狼牙口长城有城墙约 650 米，城墙中筑有两个空心敌楼，是以茨沟营管辖编号即"茨"字一号台和"茨"字二号台。其中一号台的一侧门洞和墙体坍塌严重，二号台除楼顶坍塌外，墙体门洞都非常完好。

狼牙口关口因建在海拔 1700 余米的狼牙山口而得名，此关口居于两座山峰间的一段平缓山梁上。关口尚存石砌券门，关口门洞内外各嵌一方石匾。外侧匾阴刻横书"狼牙口"，没有年号。内侧刻"狼牙险道"，匾头题有"钦差整饬井陉等兵备兼理马政驿传、山西提刑按察司副使乔严"，匾尾署"万历十三年岁次乙酉中秋吉旦立"。这座关口隐匿于深山之中、人迹罕至之处，常人高不可攀，难以寻觅。

狼牙口长城太美了！我们像考古学家一样，急于爬上残塌的一号敌楼查看，又来回穿越关口寻访，最后才登上城墙开始拍照。整个下午，大家高兴得不得了，一致决定明天再上狼牙口。趁着天色没有全黑，四个人赶紧下山。

第二天凌晨 5 点，我们从酒店出发，打着头灯，再次艰难地从原路爬上狼牙山。昨天实在太累了，今天上山少了一人。为了拍摄午后天象，我们居然在狼牙山上待了一整天。抬头四望，山上没有一块儿平地，甚至连无人机起飞的地方都找不到。太难了，但墙体和敌楼也确实太壮观、太漂亮了，真的应了"苍茫峻岭为君开，千里嘉宾慕景来"的诗句了。

2021 年 4 月 1 日

寻踪荞麦茬长城

在山西境内的明长城防御体系中，边墙是重要防线。散布在各地的边墙，有土夯、砖包、石筑等建筑的结构形态。漫长岁月之后，绵延的边墙已损毁严重，尤其是晋北外长城，大量土夯边墙倾塌、风化，很多地方仅在地面留下一脉鱼脊形的痕迹，甚至踪迹全无。而在灵丘境内与河北涞源交界的山上，这段内长城边墙却依山而筑，显得巍峨而结构坚固，且相对保留得较为完整。

冬日里，我又一次来到灵丘寻踪古边墙。沿着蜿蜒盘旋的山路，司机小李一路小心驾驶，来到山脚下的荞麦茬村。再往前，汽车不能通行了，只能徒步。两年之内，这已经是我第四次来到这座大山脚下了。

记得第一次从灵丘导航到这里，因山区地势复杂，道路不熟悉，结果愣是被小度把我们领到河北涞源的大山沟里了。其时导

航显示距目的地荞麦茬村还有 2.1 公里，待要穿过一家矿山企业时，却被几个人拦住不让通行。折腾了一上午，只能原路返回山西地界。后经多方打听找到这里时已是中午时分。大山里丛林茂盛，荆棘塞途，根本找不到上山的那条小路，只能遗憾地返回。

去年秋天，与大同朋友胡二哥结伴再访灵丘。凌晨 5 点，我们一行五人从上寨出发来到这里。毕竟有胡二哥领路，我们终于找到了这条上山的小路。有了前番周折，又是第一次爬上山顶看到砖包完整的敌楼和石砌长城，我真的是太激动了！荞麦茬村的这段长城大约三公里长，残存墙体大约 2~3 米高，2 米宽，墙体全部系石砌而成，城墙与五座建制形式基本相同的敌楼相连，在山与山之间构成一道气势磅礴、雄伟壮观的防御体系。五座砖砌空心敌楼，从东往西，编号分别为"插"字47号、48号、49号、50号、51号。明代九边十一镇，这里归真保镇插箭岭关管辖，是"插"字号长城的最后几座敌楼，也是山西境内灵丘长城的最东段。我起飞无人机，不断调整角度，连续航拍。一鼓气用完4块电池，拍摄了许多，仍感意犹未尽。

　　灵丘长城透出的诱人的墙体与敌楼，再也按捺不住我再次追"墙"的冲动。2021年1月5日，我与小李驱车200多公里，取道灵丘上寨镇，一路穿越国家级黑鹳自然保护区，再次来到荞麦茬村。当时天色已晚，当天山里的风特别大，知道爬上去也无法航拍，于是计划第二天一大早先爬荞麦茬拍摄日出，下午登狼牙口拍摄夕阳。返回上寨镇酒店睡了一觉后，却被河北石家庄突如其来的新冠疫情波及紧邻河北的山西而打断了计划。第二天早上，灵丘道路开始封闭。我敏感地察觉到，如果继续耽留哪怕一天，都极有可能受困于此而难返太原。于是，站在狼牙沟村口，久久地望着通往荞麦茬的方向，只能依依不舍地下山返回了。

春节过后，疫情有所缓解。3月7日，我再做打算，第四次结伴驱车来到灵丘的这座山下。眼前横亘着的是高高的皑皑大山，山的背阴面是厚厚的积雪，同行者望而止步了。强烈的探寻欲驱使我独自一人身背装备继续爬山，毕竟我太喜欢这段砖包敌楼和石砌长城了，且之前我对这段长城已经做足了功课。我不能放弃，一路喘着粗气上山后，沿边墙去依次寻踪，可以看出土石砌成的台梯与敌楼紧紧相连。最重要的是这段边墙在修筑地点、视觉呈现和美感上，都比土夯长墙更加醒目，也更加精彩。与外长城不同，内长城多穿行于巍峨险峻的恒山、太行山之上，完全是依山而筑，顺山势走向而成。这是拱卫京城的最后一道防线，因此全部内长城都用砖石砌成，而地理优势则更加明显，也显得更加坚固。

望着脚下散落一地的墙砖，似乎古老的长城在向我默默地述说着它久远的历史。我背靠着厚实斑驳的边墙，闭上双眼，仿佛又听到古老长城娓娓道来的许许多多的不为人知的故事……

2021 年 3 月 28 日

大同长城内五堡之镇房堡

　　昨天晚上在大同古城内的老字号"老大同"饭店与《大同军堡》一书的主编、大同电视台李鸣放先生见面，李台长曾经主编了《大同大不同》《大同长城》《大同古长城》等画册，与他交流让我有意想不到的喜悦和收获。李台长亲笔签名把《大同军堡》一书赠送给我。

　　大同刮了一夜的大风，预报阴天，夜间最低温度零下 11 摄氏度，果然降温了，原打算今天在酒店休整一下，顺便把前两天的航拍日记整理出来。上午 9 点多下楼到迎泽街对面的金豆米粉店吃饭，回来的路上，太阳出来了，回房间马上收拾装备下楼，临时计划去距大同 20 公里左右的镇房堡看看。

　　镇房堡属长城内五堡，已经没有了堡门。一进堡子里，在街上就碰见了一个老乡在晒太阳，下车一打听，大爷姓常，今年 90

岁了，他告诉我们从小在堡子里长大，小时候听大人们说镇虏堡是关押俘虏和逃离边境的人的军营，普通百姓都住在堡子外边，堡子四面围建高墙四丈八，比其他古堡墙都高。清朝时候开始有边民搬进堡子里居住，中华人民共和国成立后这里是镇虏堡人民公社，最多时有1000多村民，其中姓常、姓张和姓刁的人多。听见街上有外地口音的人说话，村民老张披着棉衣走出街门也过来了，他一看车牌就问："太原来的？"我们答应了一声，开始和他攀谈。过去的堡子只有一个堡门，谁都出不去，里面有学校、供销社，1959年修赵家窑水库，把城门板卸了一块，墙上豁开两个口子取土筑坝，慢慢地就都走成路了。堡子里有龙王庙、三宫庙，城墙下有知青窑洞，现在都塌了。

知青窑洞？怎么回事儿？原来是在那个知识青年大有作为的

年代，有 16 名北京知青来这里插队，就住在城墙下面的一排窑洞里。去年在村里刁书记的协调下，这 16 名北京知青又回到了他们的第二故乡，与他们曾经在一起战天斗地的乡亲见面，老乡们拿出莜面、荞面、山药和一双双绣花鞋垫送给曾经的村民，那是多么令人陶醉而温暖的情景啊。或许，边塞宏大的历史背景下，更容易触发人间细腻情感。镇虏堡人，如晋北这块土地，未曾丢掉的传统让人回味无穷，也让我听得感动万分。

今天风大又特别冷，我用无人机低空飞行，很谨慎地操作把堡子四周围拍摄了一遍。我发现堡子外面有大片的土地，老张告诉我："我们村里人少了，现在有 100 多人，30 岁以下的年轻人几乎没有，土地很多，家家都有几亩或十几亩地。种了庄稼秋天都收不过来，现在人们都雇收割机，每年能收几万斤玉米。"

常大爷耳朵一点都不聋，一边听我们说，一边插话。他告诉我："城墙外面的水塔旁有个打谷场，旁边有两块石碑，我没文化，认不得字，你们去看上面写的东西吧。"于是，我们开车从一个城墙豁口出来，绕着城墙外围找见了打谷场，爬上小山坡看见两块石碑和驮碑的石龟，"一刻于铭，万善同归"分别用楷体和石碑单体字刻在石碑两面，什么意思呢？

　　上网一查："万善同归"是说，所有宗教无非教人和睦相处，平等对待，这是善，就是同归于善。或许在刻下碑铭的那一刻，这里的先祖们一定希望他们的后人能以善为人、和睦相处吧！关于"万善同归"的含义，文章里取证解释说，旧时有的地方厉云、义冢也称为"同归所"，"同归所"取义于"万善同归之所"，海澄、同安历史上都有"同归所"碑。我国台湾省及云霄、东山等地有很多万福公庙写着"万善"或"万善同归"。如此说来，这里小山坡上刻写"一刻于铭，万善同归"的石碑，会不会也是墓碑石刻呢？

　　且存一悬想，留待机缘后续吧。

2020 年 10 月 22 日

寻访 "永享嘉国" 康宁之堡

　　10月20日上午从保平堡回来，路过瓦窑口村，一路往东北，跨过南洋河，再一直沿着京包铁路线旁边的乡村公路前行。走十多公里后，远远地看到平整的路上有一块牌子：永嘉堡人民欢迎你！前面一座巨大的黄土夯筑的堡城，就是明朝修筑的军事堡垒永嘉堡。

　　永嘉堡村历史久远，城堡规模大，墙体高，堡墙现存较完整。这在天镇来说都是少有的。听老人们说：明朝成化年间开始在这里修筑军事基地，堡墙竣工后，皇家敕赐名字为永嘉堡，取 "永享嘉国" 康宁之意。因这里远离长城，也没有戍边任务，只负责防卫。这里筑有火路墩10座，堡内驻军307名。军人们常年在这里且耕且守。耕种有军田，大家都有份儿，属于 "责任田"。平时闲了各自种地，战时有情况就集结出征，这种情况一直维持到整个清朝时期，且在大同地区很普遍，这样的兵丁称为 "绿营"

兵。如今这里是一个以传统农业为主要生活方式的小山村，原住村民大多是当年戍边将士的后代。

因我身边有许多浙江温州永嘉县的朋友，所以我对"永嘉堡"这三个字特别敏感。此外，历史上西晋末年发生过一起永嘉之乱，此另当别论。也许是永嘉包含的内容更丰富，距离这个村几公里的逯家湾火车站就叫"永嘉站"。我特别想走进古堡看一看，拍一拍，看看它是否与南方的永嘉有点关系。

村民老刘68岁，听见无人机的声音就跑出来，在北门口广场上一直跟我们聊天。他从无人机遥控器里看到我在拍摄古院落，不无感慨地说："没了！都拆了！过去村里有十几座寺庙，现在

留下来的只是以前的大队仓库、学校和供销社。"看着他对现状无比的遗憾，我也跟着苦笑。其实他们也知道，生活中经常是这样的：从前我们最容易忽视的，往往是后来我们认为最重要的，而在不知不觉中那些已经成为过去的错过，即是今生今世再也无法再现的重逢。

在我眼里，古堡里的这些庙宇、民居都是那么神秘，都值得赞许敬仰。我总感觉，每次这样的行走虽有不同的感受，但每走出一座城堡，每走下一段长城，我都有一种强烈的感觉，感觉自己越来越有一种使命感与责任感。我要用图片和文字这种最简单的方式，让更多的人去了解历史，认识长城，留住古堡。我要把长城古堡里的这些古老财富充分展示到世人面前，让更多的人在

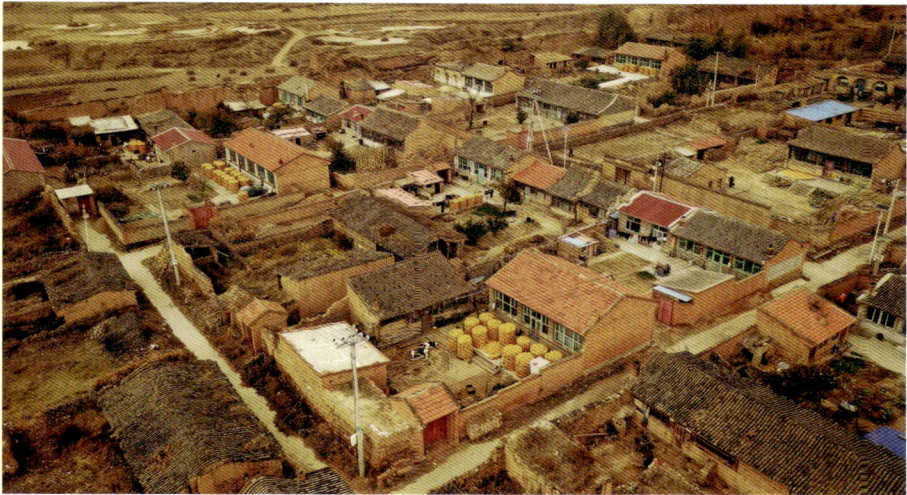

充分认识的基础上，升华到一种对家乡、对乡亲、对祖国由衷的深切的长久的爱意，而这种爱意一定能够安定一个人的心灵，成全一个人的智慧，一定能够让他更好更愉快地做对社会有意义的事情，从而成就他对美好生活的持续向往与追求……所有的这一切，是社会诸多和谐的重要基础之一，即个人本身的身心和谐、人与人之间的相处和谐、社会各方面的全方位和谐……

2020 年 10 月 21 日

俯瞰百年古堡，发现高铁纵横之美

今天是太原市车辆分号限行措施的第一天。早上 5 点半起床，6 点多下楼出发——必须赶在 7 点限行之前上高速。沿二广高速一路向北直奔，在原平服务区稍事休息。经大同绕城高速转天黎高速，到了阳高县随士营堡的高铁大桥下面。

随士营古堡墙体高大厚重，虽然现在已经破落，依稀可以看出当年的模样。随士营古堡虽没出现在大同军镇堡名目中，但它肯定是一个重要的地方。去年秋天我来过这里，古堡的墙体保存得比较完整。可惜堡门没有了，现在只是城墙的豁口供人们出入。去年秋天我背着相机在大街上走了一圈，拍摄下了边民人家的小院，也拍摄下了院子里的欢声笑语。在几条幽静的小巷深处，传来琅琅的读书声，还有十字街头此起彼伏的叫卖声……——重叠在眼前的古堡中。

每个人感觉镜头、感觉世界的出发点不同，思考方式不同，最后达成的目标也不尽相同。今天来这里就是拍摄百年古堡与新时代高铁的照片，来见证和留存不可复制的历史。桥下不远处，有一新建的标准化铁路岗亭。正想跟人打听一下情况，走过去一看，没人！我们把车停在不宜穿帮的土路边。国民兄打开手机在铁路 12306 网上查看"阳高……天镇"区间高铁的往来时刻表，计算列车到随士营的大概时间。看来国民兄是已经提前做足了功课的，我打心眼儿里暗暗佩服。

　　这时候来了一辆车，车上下来一位中年男子，径直走向岗亭，打开门进入里边。我急忙跑过去："师傅，你好！我打听一下，高铁还得多长时间经过咱这座大桥呢？"了解我们的用意后，岗

亭师傅走出岗亭门，打开手机看了看："再过七八分钟，北京开大同的高铁经过大桥。"啊，马上准备无人机起飞！升空后，寻找构图机位。这时，岗亭师傅说："快了，还有三分钟。"刚刚选择好古堡与高铁大桥的画面，轰隆隆……只瞬间工夫，一列高铁由东向西穿越而过。我紧张地赶紧按下快门：第一张图完成！等第二次按下快门时，列车已经呼啸而过。国民兄看了看图片说：拍摄得不好，首先是铁路桥的构图不完整……我也感觉很遗憾，马上和师傅攀谈，了解再次拍摄的时机。

师傅姓祁，是旁边随士营村人，还是村书记。他告诉我们，再过七八分钟，大同开往北京的动车经过大桥。原来，祁书记是铁路治安道班员，他每天负责沿线铁道桥涵安全，也随时掌握每一趟列车的运行时间，他说这里每天有二十多趟动车组往返通过。我们马上换电池，无人机再次升空等待，并且重新寻找顺光方向预先构图。这时，祁书记的手机再次响起，他说："来啦！来啦！"我们赶紧按下连拍……嗒嗒嗒……又一张"高铁与古堡"的图片进入画面……短短半个小时，我们在随士营古堡大桥下就拍摄到了复兴号列车与和谐号动车组。祁书记说："国家发展得太快了，我们村就是最好的见证！"

　　古堡与高铁的片子终于拍到了，大美图片！国民看后说："形式是框，灵感是魂，一张照片就是要用灵感把构图的形式美感体现出来。"不愧是专业人，说得真好！我也从图片中看出高铁铺就了一条与城市相连接的偏远古村古堡脱贫致富的希望之路。

2020 年 10 月 23 日

随便一按快门
都是一幅荡气回肠的大片

　　我和我的朋友就是那些被称为"飞手"的人，都是摄影爱好者，同时又都是长城爱好者。我们热衷于用无人机航拍的方式来丈量长城之宏阔，领略长城之美丽。最初，我们的足迹主要驻留在右玉、左云和阳高，飞过三十二长城和李二口长城，探寻过镇川塞、镇宏堡、拒门堡、拒墙堡、威鲁堡、破鲁堡。

　　和朋友的合作是有机缘的。早就听说朋友在研究长城、拍摄长城。2019 年的一次交谈中，他对我说："有兴趣的话，一起去大同拍摄长城吧。"他的这句话一下子触动了我。二十多年前，我在单位从事工会工作时，每年都要去宁武、神池给职工拉土豆。每当路过新广武、阳方口，看到远处的长城和烽火台，就曾无数次想过登上烽燧与长城近距离接触，可惜从未登上过，更没有拍摄过。朋友的这次邀请正好给了我梦寐以求的机会。

拍摄长城，我是个新手。之前的国民兄，还是中国长城保护协会的会员，他热衷于研究长城，拍摄山西境内古长城已有十多年。还有大同的老胡，大同周边几十个古堡、烽燧、墩台，他可是跑了个遍。2018年春节在介休张壁古堡认识的庆军老弟更是一个人，一辆车，一架无人机，一台相机，伴随他在晋北长城度过无数个不眠之夜。

今年7月20日，凌晨3点，闹钟一响，我马上起床，朦胧

中带着兴奋，和国民兄从太原杨家峪上高速出发，再一次向北踏上寻访长城之路。经过四小时的车程，终于来到了古长城脚下。

这里的山好大，到处是灌木林，古长城就掩埋在这郁郁葱葱的绿树荫当中。看着耸立的文保碑，我深深吸了一口新鲜空气，向远处望去，真的是心旷神怡。

长城，在山西范围分布得非常广，有内长城和外长城之分。

仅外长城就分布于天镇、阳高、新荣、左云、右玉、平鲁、偏关七个区县。我有一个梦想：总有一天，我要将山西境内的外长城、内长城，烽燧、古堡、墩台……走个遍，拍摄个遍。我很希望能认知它们，并将这种认知变成文字，让更多人感知它们、喜爱它们。

或许，我的脚步未必能触及晋北长城的每一段边墙、每一个古堡，但根据国民兄之前所做的长城地理攻略划分，我找到了另一种阅尽晋北长城的希望。

我只需要像蚂蚁搬家一样，按照地理单元，一个攻略接一个攻略地进行航拍记录，一篇文章接一篇文章地纪实写作……

当然，即便有了切实的规划，这样庞大的计划或理想也不是哪个人在有限的一生所能完成的事，因为山西的古长城实在是太古老也太多了，再加上地理环境的复杂，很难遍访不漏。于是，国民兄召集我们四个喜爱长城航拍的探索者聚到一起，共同来完成这个梦想。我要让梦想变成理想！

2020 年 10 月 17 日

寻访广武长城雄皋楼

俗话说，上山容易下山难。昨天攀爬了猴儿岭长城，下来时两人携手同行，相互扶持，看坡不看景，走得特别艰难。因为下来的山路非常惊险，或者说根本就没有找到下山的路。终于安全地下山了。回望大山，那般奇险无比，一面从心底生出几分后怕，一面却也暗暗庆幸自己居然能安全地不知怎么地滚下山来。

凌晨 5 点，手机闹钟又一次响起。我咬着牙爬起床，捏了捏两条紧绷的小腿，下地洗漱……今天准备爬广武长城，到月亮门上观日出，去寻找五大门匾的"雄皋"楼。

广武长城沿巍峨的山脊而筑，绵延起伏，气势磅礴，断断续续伸向远方，且远处有几座烽台照应，煞是壮观。每次登临长城，总有一种莽莽苍苍、震撼心灵的感觉。或许正是因为如此，广武长城在影友的口碑里颇负盛名，特别受到摄影爱好者的喜爱。之前，我有过两次登临广武长城的经历，都因为急于抢时间拍照，并没有认真去观察敌楼、寻戈五大门匾，因而留下了一个遗憾。而今天，我就是要专程再登广武长城，就是要亲自去看一看、找一找敌楼上的五大门匾。想想之前的遗憾能在此番弥补，心里别提有多高兴。

迅速下楼，摸黑离开酒店，从山脚下的广武村开车，依盘山路而上。因为太早，景区无人把守。我们把车放在停车场，背上装备开始上山。

现在所谓的广武长城，主要是指广武明长城。和昨天爬的猴儿岭长城一样，也是外砌长砖，内筑夯土。广武明长城最初全部

是砖石外表，上有成堡、敌楼，下有暗门。敌楼多数筑于城墙外侧，给人威武壮观的视觉冲击感。几百年来，广武长城历经战火洗劫，饱受风吹雨打，也遭遇鼠盗狼掏，它当年的雄伟英姿，早已被剥蚀得体无完肤，残破不堪。当然，最为惨烈也最不可原谅的还是人类的破坏性行为。几十年前，这里的村民挖长城土、拆长城砖，用来建屋垒院是习以为常的事，直到拆走最后一块整砖。上次来广武长城，我专门去了趟广武村，查看过人们用长城砖土垒起的

房子和院墙，甚至用它来垒砌猪圈，种种迹象足以证明这种破坏性行为是事实。

沿长城而上，脚下到处是遗留的青砖碎块。目睹满目疮痕、摇摇欲坠的广武长城，无论是专程来此探访的摄影家还是游客，无不感慨万千，扼腕痛惜。

好奇怪，今天早上的广武长城这么冷清。从开始爬山的山脚下，到远处数里内，居然没有一个游客。这里似乎是我们俩的专场。这不正是上天赐给我们欣赏广武长城的绝佳机会吗？可能是心情的缘故，我们俩一路攀爬，说说笑笑，脚上特别有劲。6 点 45 分登上"月亮门"时，正好是太阳出来的时间。但不是想象中的一轮红日，秋冬的暖光柔和地照射在月亮门的墙体上，别有韵味，非常之美。抓紧时间拍摄了一块电池，继续往上走。

有几段长城，游客早已在上面踏出一条小路。走在这里的夯土上，虽然不是很高，却似乎有一种凌空蹈虚、跨越历史的奇幻感和沉重感。长城两侧，山上的树木劲道挺拔。时令已近寒露，耐寒的野菊花还在倔强地开放。清晨，阳光照射，将这古老的长城渲染得刚劲而柔和，景色更加宜人。我站在垛口平台上远眺，山岭相连，云雾缭绕，峰台朦胧，心旷神怡。双手叉腰站在那里，居然感觉自己就是古代守护长城的将士，那般威威武武，庄重肃穆。见我豪情满满的样子，朋友不失时机地给我拍摄了不少照片。眼前清风时来，之前登高的乏累被徐徐拂面的轻风一扫而光。

从登上第一座敌楼开始，我们就留意门匾。"鍼扄"楼，意思是门户的外栓。第二座敌楼的门匾是"控扼"楼，意即控守边陲要塞。再上第三座敌楼"壮橹"楼，意思是雄壮的盾牌。最后登上第四座敌楼"天山"楼，显示它是筑于最高顶上的工事。咦，不对呀？怎么没有"雄皋"楼？带着疑惑下山，我们开始逐个排查。当又一次爬上壮橹楼时，发现这座敌楼与别处不同，它有南北两个通透的门洞。再穿过门洞返回来，抬头一看，"雄皋"门匾就在门洞上方——啊，"雄皋"找到了！"雄皋"意思是雄伟的制高点。我终于完整地看到并且拍摄下了四大敌楼的五块门匾。

至此，广武长城从第一座敌楼门匾到最后一座门匾的意义：进入门户—控守要塞—坚守如盾—把控制高点—居高制胜，全部呈现眼底，它显示的是修筑长城工事的重要作用在于戍边御敌、保卫国家。一直以来，许多摄影人对广武长城敌楼门匾的认识，多是五座敌楼的 5 个门匾，且门匾的字还时常写错。今天的寻访查证，使得这一曲解得以纠正。真的是不虚此行，太值了！

登长城的最大魅力在于当你鼓起信心，气喘吁吁地上到某个高处后，却突然发现顶端并不在你的脚下，最高处还在远方。如今，广武长城的魅力并不在于它的雄奇广袤，而在于它的沧桑面貌、苍茫神韵背后的厚重历史和文化沉淀以及给予人的无限思考。它带给人的那种心灵的震颤，是很难用言语表述的。

再次回到"月亮门"，我端坐在用旧砖新砌的残墙边上歇息，目光眺望远处那些依稀可辨的烽火台，久久不愿离去。我仿佛看到昔日将士驻守长城，烈日炎炎，大雪纷纷，金戈铁马，狼烟升腾……仿佛听到战马嘶鸣，战鼓连天，喊声阵阵，厮杀惊心，长歌当空……

2020 年 10 月 8 日

再上猴儿岭长城

十一休假期间，我每天都要打开手机软件的"即刻天气预报"，了解山阴、灵丘一带的天气情况。10月3日下午，手机天气预报显示未来两天朔州市连续晴天，我心里即刻兴奋起来，随后与朋友通电话，提出去拍摄长城的想法，两人一拍即合。4日早上5点，我们就出发了。一路上，我们兴味盎然，讲述着广武长城和月亮门的前世今生……因二广高速新广武出口施工，我们便绕行元营出口下高速，然后返回广武。

到了广武，已是上午8点多，显然错过了爬上"月亮门"拍照的最佳时间。于是，我们直接开车来到代县白草口村，开车过河，准备爬一次著名的猴儿岭长城。经山脚下放羊老汉的指点，我们停好车，选好路线，开始攀爬。

今天正值大风降温，当地气温只有4摄氏度。我们把所有携

带的衣服都穿在身上，沿着桥下修路工人所修的台阶，向峭壁处破败的城墙攀爬。当我们的脚终于踩在城墙上面的时候，可以清晰地看到剥蚀砖头下面露出的垒砌的石块。探身到城墙外侧，看到墙砖保存得还比较完整，而内侧则基本是土筑的，没有包砖。看到这里，你不能不感叹，大自然数百年的风雨侵蚀造就了这般断壁颓垣、满面风尘。

一个多小时后，我们终于气喘吁吁地爬上了一个残破楼台。这个楼台修建于城墙外侧，墙面有一道道裂痕，内侧有一扇小小的拱形门，另三面均有瞭望口。这是 500 年前的明长城建筑。遥想那个时代民族纷争，刀光剑影、鼓角争鸣，城墙上驻守着远离家乡的战士，无论白天黑夜，也不管风霜雨雪，他们在这堵城墙上走啊走，来回地走，时而攀上攀下，时刻提防着外敌的入侵，即便是中秋佳节也不能与亲人团聚……远处宁静的广武城正是在这堵老墙和将士的守护下才朝朝暮暮，袅袅炊烟，呈现出一派团圆美景。

如今，金戈铁马、烽火狼烟，早已不再，那些曾经的春闺梦里人也早已走到时空的背后，唯留下这些残破的砖头和砖缝里长出的千百年都一个样的野草。在这苍凉一隅的长城中，也许只有它们才是历史变迁和岁月流转的见证。若能回眸，它们也一定会时不时地感叹这堵古老城墙的风霜印记，如梦如痴……

有诗两首，以寄感慨：

残垣破壁百年身，秋色寻踪情更真。

穿越楼台听往事，山前石碑述前人！

另一首诗：

长城莽莽接云涯，尽穿猴岭见红霞。

走出苍茫千载梦，风光还是我中华。

2020 年 10 月 9 日

行摄晋北古长城

2019 年 9 月 27 日至 10 月 3 日，在晋北匆匆走了 7 天，用无人机俯瞰晋北古长城，如果非要用一句话来概括感受的话，不用思索，太牛了。

倒不是因为晋北在古代时期修建了右卫古城，现如今右卫城就跟威远堡、威鲁堡一样，是一个地方的别称，实在是"晋北"这个地方有太多令人惊喜的丰富多彩和深远底蕴。

边塞风云已然成历史，留下的都是时间的骨骼，对长城文化最了解的莫过于晋北本土摄影人。他们或热情洋溢，或成竹在胸，两千多年的边塞史，甚至更久孕育了这片山川丛林、黄土丘陵的人类史，都以文明基因记忆在他们的血液中流淌着。

长城，一条蜿蜒盘旋于世界东方的巨龙，见证着时代的变迁，

跨越历史的长河。长城烽燧原地耸立成为风景，保安堡、破虎堡、镇川堡、助马堡……堡子里依日住着众多勤劳人家，而埋在黄土下的历朝历代却迷雾重重，引得后人猜想不已。亘古不变的旋律，弹奏着民族的融合！而今，旷野的长风，定格着丰收景象，一张张饱满的笑容，绽放在连绵的烽火台旁！那就让你的双眼，跟随着我的镜头，一起感受这盛世的芳华！

走一处古城，寻一处特色，悟一片心得，走进晋北就像走进了一座长长的画廊——右玉、左云、大同、阳高。每一座古

城都是一段凝固的历史，每一处风景都是一幅诗意画轴。无论岁月如何变迁，晋北始终以四季分明的自然景观，留下西口文化和古朴自然的边塞风土人情，书写着独一无二美丽边塞人家的崭新篇章。

2019 年 10 月 17 日

图书在版编目 (CIP) 数据

追墙记：于城墙古堡间记录灵魂与生命的体验 / 李旭光
著 . — 太原 : 山西人民出版社，2024.1
ISBN 978-7-203-13164-9

Ⅰ . ①追… Ⅱ . ①李… Ⅲ . ①游记—作品集—中国—
当代 Ⅳ . ① I267.4

中国国家版本馆 CIP 数据核字（2023）第 249367 号

追墙记：于城墙古堡间记录灵魂与生命的体验

著　　者：李旭光
责任编辑：席　青
复　　审：吕绘元
终　　审：武　静
装帧设计：印美文化
出 版 者：山西出版传媒集团·山西人民出版社
地　　址：太原市建设南路 21 号
邮　　编：030012
发行营销：0351-4922220　4955996　4956039　4922127（传真）
天猫官网：https://sxrmcbs.tmall.com　　电话：0351-4922159
E－mail：sxskcb@163.com 发行部
　　　　　sxskcb@126.com 总编室
网　　址：www.sxskcb.com
经 销 者：山西出版传媒集团·山西人民出版社
承 印 厂：山西印美文化科技有限公司
开　　本：787mm×1092mm　1/16
印　　张：11.75
字　　数：122 千字
版　　次：2024 年 1 月　第 1 版
印　　次：2024 年 1 月　第 1 次印刷
书　　号：ISBN 978-7-203-13164-9
定　　价：79.00 元

如有印装质量问题请与本社联系调换